乐乐的“签名”

敦煌灵犬

顾春芳 著

陈汉煜 绘

译林出版社

图书在版编目（CIP）数据

敦煌灵犬 / 顾春芳著；
陈汉煜绘．— 南京：译林出版社，2022.9
ISBN 978-7-5447-9185-4

Ⅰ.①敦… Ⅱ.①顾… ②陈… Ⅲ.①儿童小说 - 长篇小说 - 中国 - 当代
Ⅳ.①I287.45

中国版本图书馆 CIP 数据核字（2022）第 086579 号

敦煌灵犬　顾春芳 / 著　陈汉煜 / 绘

名誉顾问　樊锦诗
策划统筹　陈　叶
责任编辑　宋　旸
装帧设计　薛顾璨
校　　对　孙玉兰
责任印制　颜　亮

出版发行　译林出版社
地　　址　南京市湖南路 1 号 A 楼
邮　　箱　yilin@yilin.com
网　　址　www.yilin.com
市场热线　025-86633278
排　　版　南京指间絮语平面设计有限公司
印　　刷　合肥精艺印刷有限公司
开　　本　718 毫米 ×1000 毫米　1/16
印　　张　16
插　　页　4
版　　次　2022 年 9 月第 1 版
印　　次　2022 年 9 月第 1次印刷
书　　号　ISBN 978-7-5447-9185-4
定　　价　68.00 元

献给我的父母

顾春芳

作　者

北京大学艺术学院教授、博士生导师。北京大学美学与美育研究中心研究员，敦煌研究院研究员。主要研究领域为美学、艺术学、戏剧学和电影学。代表著作有《呈现与阐释》《意象生成》《戏剧学导论》《契诃夫的玫瑰》《她的舞台：中国戏剧女导演创作研究》《戏剧交响》，以及诗集《四月的沉醉》、传记《我心归处是敦煌：樊锦诗自述》（荣获“2019中国好书”）等。

寄语·樊锦诗

可爱的小狗乐乐生在莫高窟，长在莫高窟。它五岁那年，曾被送回敦煌城里，但乐乐心里始终忘不了莫高窟。一天，它独自离开敦煌城，用了一天一夜的时间，徒步约25公里，从城里走回了莫高窟。那时的乐乐，身上沾满了污泥和尘土，脚掌被磨得血肉模糊。莫高窟人见此情景，都为乐乐的行为而感动流泪。

从此以后，乐乐就一直坚守在莫高窟。

乐乐特别有灵气，非常勤快。莫高窟人和游客们都非常喜欢它。一次，有客人要来看我和老彭，乐乐就带着客人到我们的宿舍来。我与老彭同客人们聊天，它就安静地趴在门口等着客人。有的游客要求去莫高窟崖顶种草方格固沙，只要讲解员跟它说“乐乐，你带游客去崖顶上种草方格”，它就会引领游客爬上山崖，领他们到崖顶种草方格的地方。它自己就在一旁耐心等候，然后再把游客领回来。

渐渐地，乐乐在游客中出名了。很多游客来莫高窟除了看洞窟，还要特意找乐乐拍照合影。游客们还给乐乐送衣服、送食品，即便离开莫高窟后还经常挂念它，给它寄礼物，打电话问候它。他们还给乐乐封了一个“莫高窟霸乐乐大王”的名号。

研究艺术学和敦煌学的北京大学顾春芳教授数次到敦煌考察，早已认识乐乐，乐乐也熟悉顾老师。2021年10月，顾老师又到敦煌，再次与乐乐相遇，好像老朋友重逢，尤为高兴。想不到顾老师回到北京后，以丰富的想象力、超常的智慧、广博的见识，创作了一部主人公以莫高窟乐乐为原型的少儿文学作品《敦煌灵犬》。

我是长期在莫高窟的“八〇后”老读者。我看《敦煌灵犬》，起初抱着好奇心，想了解书中的乐乐究竟怎么守护敦煌莫高窟。谁知拿起了书，越看越有趣，竟放不下了。这部《敦煌灵犬》，构思立意巧妙，内容充实有趣，情节引人入胜，情感真挚动人，出人意料又合情合理。我一连看了几遍，有的地方读来催人泪下，有的地方令人捧腹大笑，有的地方让人不得不拍案叫绝。

大家都知道乐乐的经历，书中，它以守护犬乐乐的形象出现，令人耳目一新。书中的乐乐，不是一般的犬族，它的眼睛能看到别人看不到的世界，耳朵能听到别人听不到的声音，还能听懂猫语、鸟语等。它经历了幼年、少年、成年，最终成为勇敢的、英雄的守护犬乐乐。这本书写出了乐乐的“灵性”。正是这种超常的“灵性”让它可以担当守护莫高窟的使命。虽然，书中的乐乐是在真实原型的基础上虚构的，但是让人感到书里所讲的故事是真实的，乐乐经历的那些不可思议的奇遇是真实发生过的，只是我们人类不知道而已——灵犬世界的守护史理所当然应该这样神奇，没有什么不妥。

提到莫高窟，青少年朋友一定有许多问题要问，如：莫高窟在什么地方？为什么在敦煌？它与丝绸之路有什么关系？莫高窟有多长历史？石窟有多大？它有什么好看的内容？藏经洞是怎么被发现的？里面藏了什么宝物？……这是《敦煌灵犬》必然要涉及的内容，而且还要实事求是地准确书写。这本书中涉及敦煌学的许多基本知识，该写的都写了，该回答的都回答了，可以说写得清清楚楚，明明白白。但是回答这么多问题，书里不是干巴巴地介绍，也不是说教，而是结合主人公乐乐的经历，采用多种方式，使用通俗、精巧、生动的语言，像讲故事一样娓娓道来。如乐乐的眼睛居然看到洞窟中的壁画动起来了，眼前显现出壁画中斑斓瑰丽的世界；它的耳朵可以听到壁画里传出的美妙琴音以及雨点般的鼓乐节奏；它在画册中看到了像蜂房那么密集的莫高窟洞窟的全景；它做梦梦见了发现藏经洞的王道士，以及偷盗藏经洞宝藏的英国人斯坦因、法国人伯希和，还有敦煌县令汪宗翰等人物，听到了这些历史人物的争论。历史的真相究竟是什么样的？藏经洞被偷盗还有多少我们不知道的谜团？……

莫高窟守护犬的天职是保护莫高窟，不能让洞窟遭到任何破坏。为此，乐乐的父亲朝歌和母亲妙羽与企图毁灭莫高窟壁画的，以祸斗、沙艴为代表的黑暗世界进行了长期斗争，乐乐也经历了跌宕起伏的冒险和奇遇。它从不愿意回莫高窟到重返莫高窟，从不知为何守护莫高窟到明白守护莫高窟的意义；从幼稚到成熟，从懦弱到勇敢。它经受住了厄运的考验，关键时刻能分辨正邪善恶，最终成长为真正的莫高窟守护犬。特别令人感动的是，乐乐的成长过程是人性化的，我从中读出了青少年成长中必然会经历的恐惧、迷茫和叛逆。正因如此，乐乐的故事虽然是虚构的，却如此浑然天成、真实感人。

顾春芳老师创作了不同于其他幻想小说的、别具一格的《敦煌灵犬》，这是一部面向少年儿童的优秀作品。它的意义在于以儿童文学的形式，深入浅出地讲述文化守护对一个民族的重要价值。

亲爱的小读者，未来你们都将是国家的主人，无论是现在学习，还是将来参加工作，都要了解并珍惜我们自己的文化。文化是一个人、一个民族、一个国家的灵魂，承载并延续着国家和民族的精神血脉，需要薪火相传、代代守护。我相信读了《敦煌灵犬》这本书的少年朋友们，你们一定会喜欢莫高窟守护犬乐乐，我也希望你们永远关心、热爱、守护敦煌莫高窟，永远关心、热爱、守护祖国的文化遗产。

樊錦詩

人物表

* 人类世界

* 黑暗世界

* 光明世界

幼年乐乐
少年乐乐
乐曜·守护犬乐乐
朝歌
妙羽
禹光
玄兔
悠悠
沙艴

光明世界

乐　　乐	本书的主人公，神奇的中华田园犬，他的眼睛能看到别人看不到的世界。他经历了跌宕起伏的冒险，经受住了厄运的考验，最终成长为莫高窟的守护犬。
朝　　歌	莫高窟的守护犬，乐乐的父亲，强壮的黑色中华田园犬。他恪尽职守，忠诚地守护着莫高窟，同时保护着乐乐。
妙　　羽	莫高窟的守护犬，乐乐的母亲，白色的中华田园犬。她从流浪犬成长为莫高窟的守护犬。
禹　　光	唐朝归义军节度使张议潮的爱犬，智慧勇敢，通晓马语。他守护着光明世界的秘密，是犬族世界的英雄，灵犬世界的首领。
玄　　兔	警犬，德国牧羊犬（德国黑背）。她是乐乐的犬族伙伴，与乐乐并肩战斗。

悠　　悠	莫高窟的守护猫。她有着波斯猫的血统，祖先跟随西域的商人通过丝绸之路来到中国。
安　　安	乐乐的姐姐，出生后被送往泰山，守护着东方的文明。
顺　　顺	乐乐的哥哥，出生后被送往昆仑山，守护着西域的文明。
金 翅 雀	一只受伤的小鸟，被乐乐和玄兔所救。他拥有神秘的身份和力量。
胡羊憨憨	乐乐在莫高窟的小伙伴。
石鸡莫莫	乐乐在莫高窟的小伙伴。
兔子小白	乐乐在莫高窟的小伙伴。
鸽子闪闪	乐乐在莫高窟的小伙伴。

黑暗世界

祸　　斗　　犬族世界的叛徒，黑暗世界的雇佣犬首领。他和禹光同样生在唐代，因为初心不纯，欲念难除，没有被选为守护犬。自此，他痛恨所有的守护犬，在黑暗力量的支持下，与灵犬世界为敌。

沙　　艴　　沙漠地区最古老的巨型鬣狗。他是祸斗的手下，黑暗世界的寄生者。他生活在莫高窟北区周围的戈壁沙漠里，伺机作恶。

人类世界

蓝　天　敦煌研究院的考古工作人员，乐乐的人类好友。

蓝　星　蓝天的弟弟，大学二年级的学生。

樊奶奶　敦煌守护人。她一辈子守护敦煌，是莫高窟最受人尊敬的老人。

老　彭　敦煌守护人，考古学家。

目录

·引 子· 001
莫高窟的金光 009
九层楼的铃铎声 011
活动的壁画 016
无声的铃铛 024
回家的方向 029
悠悠的丝绸之路 036
神秘的三组数字 042

沙尘暴来了 049

藏经洞往事 055

执迷不悟的王道士 059

荒漠里的盗贼 066

爸爸生病了 071

北窟遇险记 077

父亲的离去 085

在宕泉河畔 091

空荡荡的家 094

妈妈回来了 096

永别了，妈妈　099
乐乐开凿“第一窟”　102
悠悠的“反弹琵琶”绝技　107
再见了，莫高窟　112
城市的生活　116
迷上了网络视频　120
不想再回莫高窟　125
飞天的花雨　128
登录密码　134
黑暗游戏城　138

警犬玄兔 143

铁马风铃的召唤 149

夜宿三危山下 153

永不枯竭的圣泉 159

乘着青鸟回家 169

营救黑暗游戏城的犬族 177

第 156 窟的神秘来信 180

灵犬世界的守护盟约 185

·尾 声· 194

乐乐的敦煌小课堂 197

引子

亲爱的小读者，你知道敦煌莫高窟吗？

说到敦煌莫高窟，你一定会想到大漠戈壁和丝绸之路。是的，莫高窟是位于我国西北大漠的艺术圣地，关于它，流传着许多动人的传说和故事。

我今天要告诉你的，是一个关于莫高窟守护犬的故事。这是迄今为止不为人知的一个关于犬族的秘密。我之所以知道这个秘密，是因为多年以前，我认识了一只名叫乐乐的小狗。

我是一名教师，在大学里教授艺术。几年前，我去敦煌莫高窟考察。一天早晨，七点钟光景，我沿着宕泉河散步。在夏日的晨曦中，远山半梦半醒，夜晚的凉气还没有完全散去。

穹隆似的天空低沉而幽蓝，远处坐落着高高低低的舍利塔，如如不动，寂寂然守望着莫高窟。突然，我远远地看见一只小狗站在前方，目不转睛地盯着我。

虽然隔了一段距离，但我还是能从它的眼睛里读出忧郁。

我很想走过去，把这个可爱的小东西抱在怀里，但是理智告诉我，如果贸然抱起它，很可能会受到公犬和母犬的攻击。意外的是，公犬和母犬并没有出现，而它也没有离开，只是远远地观察着我。后来我才知道，这只小狗名叫乐乐，它的父亲和母亲已经相继死了。从此，它忧郁的眼神就印在了我的心里。

第二天清早，还是在宕泉河畔，我再一次遇见了它。

它还是用忧郁和期待的眼神望着我。这一次，我蹲下来，平视它的眼睛。这下，我注意到这是一只漂亮的小狗，它周身雪白，胸前的黑色火焰纹格外醒目。或许是感觉到了我的友好，小狗慢慢地走到我面前，亲了亲我伸出的手。它的鼻子凉凉的，我能感觉到它的身体在颤抖。它所有的举动都向我表露着它心里的孤独和恐惧，好像它的内心有一个声音在对我说："带我离开这个地方吧！"

但是，我不可能把小狗带回我所在的城市。几天后，当我登上去机场的汽车时，我看到它站在屋檐下望着我。汽车启动的一刹那，它撒腿追了上来。

与一只小狗的分别，和生命中许多其他的分别一样平常，我并没有去过多思量。直到后来我们再次相遇，我真正懂得了它，了解了关于守护犬的不为人知的历史。这让我感到有必要把它的故事告诉你们。

2021 年深秋，我再次来到莫高窟。

早上一睁眼，我就听到屋外有狗的叫声。顾不得天寒地冻，我披了件外衣就跑出了房门。果然是它，上一次来时遇见的那只小狗。虽然它长大了，但是我还是一眼就认出了它。它就在那里，它还记得我。这次，它身边还跟着另一只小狗，那是它的女儿福娃。乐乐带着福娃看我来了，真是让我喜出望外。

和从前一样，我沿着熟悉的公路散步。

有两只可爱的小狗陪同散步，是人生的一大乐事。乐乐和福娃一前一后地走在前面。我们完全没有意识到，危险正在慢慢逼近。就在我眼前，一辆疾驰的汽车撞飞了它们中的一只，被撞的是可怜的福娃。

汽车扬长而去，乐乐追着汽车跑了很远很远。

受伤的福娃躺在路边呻吟着，娇小的身体已经无法动弹。看着福娃痛苦不堪的样子，我赶忙拨打了救助电话。正当我求救的时候，乐乐回到了福娃的身边。它一边舔着福娃，一边不停地刨着地上的沙土。我知道这一刻，作为父亲的乐乐无能为力、痛心疾首。

福娃被送去了山下的医院。几天后，奇迹发生了，它站了起来。

就在事发的当天晚上，我才得知福娃已经是第二次被车撞了。乐乐的几个孩子中唯独留下了福娃，如果它死了，乐乐就是莫高窟最后的守护犬了。如果福娃能够幸运地活下去，那么它将成为莫高窟的下一代守护犬。

在陪伴乐乐的那个夜晚，它衔来一枚铃铛放在我的手里。于是，不可思议的事情发生了，我能听懂乐乐的话了！它对我说了许多令人难以置信的故事。

现在，我要告诉你们的故事，就是守护犬乐乐告诉我的。

莫高窟的金光

我们的故事要从一千六百多年前说起。

有一位名叫乐僔的僧人，从中原远游到敦煌。他沿着一条状如玉带的大河自南向北而行。当乐僔和尚来到三危山下的时候，因为天色已晚，加之旅途劳顿，他就打算找个地方先休息一晚。

他远远望见大河之畔有一座横亘的山崖，心想："这座山崖犹如金沙覆身，好似一尊天然的卧佛，不如就在此休息吧！"

正当他放下手中的锡杖，掸去僧袍上的尘土，准备躺下之时，突然望见对面三危山上金光万道，一片璀璨光明，金光中仿佛有千佛化现。金光照射不到的地方，犹如浸没在黑夜之中。乐僔被眼前的景象惊呆了，他好像听到了心灵的召唤，决心就在这个地方修行。

于是，他在山崖上开凿了第一个洞窟。

这当然是我们在很多书中都可以读到的一则故事。但是，至于为什么看到金光后，乐僔和尚就萌生出在敦煌开窟的想法，他究竟得到了什么启示，一千多年来没有人知道。也没有人知道，他开凿的第一个洞窟如今在哪里；在没有任何工具的情形下，是谁帮助他开凿了这个洞窟。我们只知道，此后，来敦煌开窟的人络绎不绝，绵延千年，最终形成了今天规模宏大的莫高窟。

汉代丝绸之路开通之后，中国的丝绸、瓷器被源源不断地运往欧洲，西域的珍宝、北方的驼马也日夜兼程地运往中原。西去的中原僧人、商人、画师、文人取道敦煌，东来的各国使臣、西域胡商也取道敦煌。天长日久，敦煌成了东西方文化交流的“咽喉之地”。

但从那以后，很少有人见到三危山的金光，乐僔和尚的故事也渐渐消失在遥远的历史中。

直到本书的主人公乐乐降生的那天，三危山的金光再次普照大地。

九层楼的铃铎声

一个雪后初霁的清晨，莫高窟的守护犬妙羽生下了她的三个孩子：安安、顺顺和乐乐。

安安和顺顺长得比较结实，生下来就懂得找奶吃，唯独最小的乐乐浑身青紫，躺在干草堆上一动也不动。无论妙羽怎么舔他的背，翻动他的身子，咬他的小尾巴，小家伙始终没有反应。妙羽有些焦急不安，她不停地用舌头舔着乐乐的耳朵、鼻子和他那渐渐冰冷的身体。

就在这时，妙羽嗅出了空气中的危险。一个硕大的黑影突然出现在门口，妙羽不由得惊出了一身冷汗。

黑影是一只黑色的巨型鬣狗，妙羽认出他是死对头祸斗手下的小头目沙彪。

沙艴的双眼好像要喷出火光，虎视眈眈地望向屋里。他的嘴角呼出浑浊的臭气，嗓子里传来呼噜噜的低吼声。这是嗜吃动物腐肉的鬣狗，平时这些鬣狗总是在人烟稀少的莫高窟北区一带活动，还经常在莫高窟周边干坏事。今天鬣狗怎么会突然出现在莫高窟南区?

产后的妙羽非常疲弱，她努力站起身挡在孩子们前面。她知道，如果现在沙艴向她发起攻击，以自己的身体状况，可能无力保护这三个孩子。正在妙羽六神无主的时候，一个健壮的身影如疾风一般向沙艴扑去，紧接着屋外传来一阵阵惨烈的撕咬声。

原来是外出巡逻的公犬朝歌回来了，妙羽长长地舒了一口气。

朝歌驱赶沙艴之时，身体发紫的乐乐突然发出了几声呜咽，妙羽感到一阵惊喜。搏斗声渐渐消失，朝歌赶走沙艴后回到了屋里。他脖子上的伤口还在流血，血顺着他的脖子和前腿流淌下来，滴在地面上，瞬间就被沙土吸走了。朝歌温柔地望着妙羽和草堆里的乳犬，妙羽上前用脖子摩挲着朝歌的脖子和脸颊，为他舔去伤口上的血迹。

妙羽心有余悸地说："幸亏你回来了，要不然孩子们就危险了！"

"我巡逻的时候发现有鬣狗穿越了莫高窟南区和北区之间的隔离带，就觉得很反常，果然是来者不善。沙骴是冲着我们的孩子来的，从现在开始，我们一步也不能离开孩子们。"朝歌表情凝重地说。

就在这时，刚才奄奄一息的乐乐居然挣扎着想要从草堆上爬起来。

"乐乐！"妙羽激动地喊着，朝歌上前舔了舔乐乐的脸、鼻子，以及身体上尚未干透的绒毛。乐乐突然睁开了眼睛，他虽然身体柔弱，但目光炯炯有神。

蓦地，天地陷入一片黑暗之中，太阳好像突然被什么给吞掉了。紧接着从三危山方向射来一束金光，金光刺破黑暗，透过窗棂照射进屋里。蜷缩在一起的三只小犬笼罩在一片灿烂的金光中，朝歌和妙羽惊异地望着眼前的景象。

照进犬舍的金光，就是本书开头所说的三危山的金光，

也是当年乐傅和尚看到的金光。

此时，风中传来莫高窟九层楼叮叮当当的铃铎声，断断续续，似有似无……

母犬妙羽亲了亲三个孩子，温柔地说："这里是莫高窟，这是九层楼的铃铎声。孩子们，你们要记住这个声音，无论在哪儿，无论多远，都要记得这是家的声音，是莫高窟的声音。"

活动的壁画

莫高窟的冬天就要过去了，僵硬的大地渐渐变得柔软起来。

春气发而百草生，春气暖而玄鸟至。莫高窟的天，蓝得就像用油彩涂就，阳光也变换了色泽，裸露的沙土逐渐温热起来。

道路两旁，大片大片的白杨林已经透出绿色，榆钱像钱串子一样挂满枝头。春天的风，给沙漠戈壁带来了盼望已久的礼物。远近层叠的“鬼拍掌”也好像迫不及待地要伸出一只只嫩绿的手掌来，揽几朵天上的白云。

你问什么是“鬼拍掌”？“鬼拍掌”就是一种钻天银白杨，笔直的树干直刺云霄，树身通体银白色，雪亮雪亮的，像银子一样。每逢夏天，它那肥大浓密的叶片随风舞动，昼夜不停地发出“噼噼啪啪”的声响，回荡在空旷的河谷，因此，当地百姓管这种白杨树叫“鬼拍掌”。

一个月很快过去，乐乐已经出了窝，可以满世界跑了。

虽然他出生晚，可是现在长得比哥哥姐姐都要壮实。哥哥顺顺继承了爸爸朝歌的毛色，通体乌亮，姐姐安安继承了妈妈妙羽的毛色，通体纯白。唯有乐乐结合了父母双方的特点，双耳微黄，胸部有一道状如火焰的黑色斑纹，其他部位是纯白的。

三月三是农历的上巳节，按照祖先的传统，犬族在这一天要下河沐浴。朝歌和妙羽也准备带着孩子们去宕泉河里沐浴，可是找遍了窟区也不见三个孩子的踪影。

原来孩子们趁父母巡逻的时候，偷偷溜出了屋子。他们攀缘着长长的崖壁，正在比试谁爬得更高。乐乐的四肢灵活而有力。就在一周前，他的爪子轻而易举地叩响过一口废弃的铜钟，安安和顺顺也尝试过叩响那口钟，结果敲肿了前足，疼得好几天不能走路。

乐乐是一个天生的攀缘高手，他很快爬进了高处的一个洞窟。

乐乐举头发现，眼前是一个斑斓瑰丽的世界。这是他从没有见到过的景象：墙上的壁画居然动起来了！有几尊慈眉善目的菩萨默默望着他，他们姿态妩媚，面颊丰腴，双目似看非看，嘴角似笑非笑；还有姿态各异的几尊罗汉在交头接耳、窃窃私语。他顿时把“未经允许不能入洞”的家规忘得一干二净。乐乐心想，爸爸妈妈讲过的七宝池、钟鼓楼、香积厨原来如此华美！庄严的佛陀、慈悲的菩萨、有趣的罗汉原来都是有血有肉的啊！

乐乐突然感到背后有动静，转头一看，原来是一幅会动的壁画长卷！恢宏的长卷上旌旗招展，衣罗穿锦的古人骑着健硕的骏马，腰系金带，衣袂翻飞。他们谈笑风生，脸上洋溢着胜利的喜悦。乐乐认出了马队里的骆驼，骆驼的背上驮着贵重的货物。他还在马队中认出了月光宝马和汗血宝马。

突然，他发现了一只奔跑的猎犬，猎犬的脖子上系着一枚金色的铃铛。

“汪！汪！”乐乐冲着陌生的猎犬打了个招呼。没想到猎犬听见了，径直走到他跟前。乐乐看到猎犬的身体飘浮在半空，脑后有一个金色的光圈。猎犬围着乐乐在空中转了几个圈，突然开口说话了：“你是朝歌和妙羽的孩子吧？”

乐乐吓了一大跳！墙上的猎犬居然会飞，他居然还认得自己，这岂不是太奇怪了吗？乐乐警惕地问：“你是怎么知道的？你是谁？”

“你问我呀？哈哈哈，我和你的爸爸妈妈一样，在这里守护莫高窟。不过，我在这里的时间已经很长了，我可是看着你的爸爸妈妈长大的。小家伙，你怎么自己跑了出来？这可是很危险的！”

“我和哥哥姐姐一起爬高，我迷路了。这是哪儿？”乐乐问道。

“幸好你是在这里迷路了，要是在祸斗的领地迷路，那可就糟糕了！”

“祸斗？他是谁？他的名字听上去好像很不吉利。”

“不要多问了，等你长大后会知道的。总之要小心，快回家去吧。”猎犬关切地说。

乐乐很好奇会飞的猎犬究竟是谁。他的目光透着安详和智慧，面部的长毛随着光波轻轻拂动，就好像是一位年迈的智者。乐乐忍不住问道：“能告诉我你是谁吗？”

“我叫禹光，我们是第一次见面。我把这枚铃铛送给你，你的爸爸妈妈会告诉你关于我的故事。”话音刚落，禹光胸前的铃铛就飞向乐乐，自动挂在了乐乐的脖子上。禹光说：“这枚铃铛的声音只有你我才能听到，其他人听不见。今后，你遇到任何困难，只要摇动这枚铃铛，我就会来帮助你。不过你要记住，如果铃铛自己摇动，那就是告诉你有危险。”

说完，猎犬转身走回了墙上的马队，他回头望着乐乐：“记住，不要去北区，千万不要靠近祸斗的领地！”

戴上铃铛的乐乐，突然听到了美丽的人头鸟身的迦陵频伽的妙音，听到了羯鼓传出的雨点般的节奏。乐乐发现天籁般的音乐是从墙上的壁画里传来的。他这才明白，原来禹光送给自己的是一枚神奇的铃铛，他现在可以听见从前听不到的声音了。

如泣如诉的排箫、幽怨凄清的筚篥、庄严浑厚的法螺、余音缭绕的五弦和阮咸，这些不奏自鸣的飞翔的乐器，令乐乐感到不可思议。

在这些乐器间，乐乐注意到有两个特别可爱的小飞天，她们的身后拖着长长的飘带，飞舞在洞窟中，撒下阵阵花雨。乐乐渴望自己也能像飞天那样自由自在地飞翔，于是他试着向空中跳了一下，没想到身体却重重地落回了地面。乐乐不甘心，他一次次努力尝试，但无论他用什么方式“起飞”，总是在笨笨地跳来跳去。

乐乐怅然若失，他望着来去自由的小飞天，意识到自己和禹光、小飞天身处两个完全不同的世界。

无声的铃铛

正在乐乐沉醉于飞天的花雨时，身后传来了姐姐安安和哥哥顺顺的喊声。

“乐乐，你怎么躲到这里来了？快回家吧。”

安安的声音把乐乐唤回了现实世界。但他依然怔怔地看着前方那堵画墙，喃喃地说：“真好听呀！我认得这是鼓、横笛，那是琵琶，可这个竖吹的乐器是什么？还有那竖着弹的琴又是什么呢？快看那边，骑在马上的那几个人在向我们招手。”

乐乐好像被施了什么魔法，安安和顺顺面面相觑。

“乐乐，你是不是中邪了！这只是一幅画而已。快走吧！未经允许是不能随意进洞的，要是让爸妈知道了，今晚又要挨罚了。”顺顺大声说道。

“这可不只是一幅画，你们难道看不见壁画在活动吗？飞奔的马群、穿着铠甲的勇士、歌唱的鸟儿，还有前面那一群载歌载舞的人！快看，还有空中那两个小飞天！”

安安和顺顺惶惑地望着乐乐，不知发生了什么事。乐乐突然意识到，安安和顺顺看到的世界和自己看到的世界并不一样。他回想从前经过窟区的时候，总是会看到崖壁上人影憧憧，洞窟里光影交叠。乐乐原先一直以为自己看到的那些景象只不过是幻觉，现在他明白了，原来自己拥有一种特殊的能力：他的眼睛能够穿越时光，看到遥远的时空里事物的本来面目。

“安安和顺顺看不到活动的壁画，那么他们能听见铃铛的声音吗？”乐乐心里想着，于是故意摇了摇那枚铃铛。

“你们能听见铃声吗？”

“一个发不出声音的破铃铛！你是从哪儿捡来的？快走吧，爸爸妈妈在找我们呢！”顺顺不屑一顾，边说边往外走。

乐乐心中一阵窃喜，果然安安和顺顺听不到铃铛的声音。他下意识地望了望墙上的猎犬禹光，但见禹光朝自己微笑着点了点头，眼里闪耀着慈祥的光。原来马队里的这只猎犬真的能听见自己说话，自己也真的可以听到别人听不到的声音。乐乐高兴地连叫了几声："汪！汪！汪！"

"乐乐，别闹了！咱们回去吧！"安安还以为乐乐不听话，严肃地说。

安安带着顺顺和乐乐迅速滑下了陡峭的崖面，还来不及站稳，迎面就看到表情凝重的朝歌和妙羽。眼前的三个灰头土脸的孩子，浑身上下简直找不到一处干净的毛，看着他们，朝歌有些生气。他刚要发怒，妙羽突然发现了乐乐脖子上佩戴的铃铛。

妙羽轻声地提醒朝歌："你看，乐乐脖子上的那枚铃铛……"

朝歌定睛望向气喘吁吁的乐乐。

或许是灰尘迷了眼睛，或许是掩饰内心的不安，乐乐一个劲儿用前爪揉着眼睛。

"乐乐一定去过老祖那里了。"朝歌对妙羽说道。

"是的，他们应该是见过面了。"

“这么说，老祖是要我们把乐乐留下来。”朝歌的神色突然惆怅起来。他不再像刚才那样面露怒色，而是缓了缓语气说：“走吧，孩子们，今天是三月三，我们先去河里洗个澡！”孩子们紧绷的神经一下子松弛下来，他们重新活跃起来，你追我赶、蹦蹦跳跳地往宕泉河的方向跑去。

这是乐乐有生以来第一次在宕泉河里洗澡。

虽说是三月，但是气温并不很高。清凉的河水让乐乐一连打了几个喷嚏。可过了没多久，他就习惯了水温。狗是天生会游泳的，乐乐一会儿仰泳，一会儿狗刨，在水里扑腾着，玩得不亦乐乎。玩累了，安安、顺顺和乐乐就四仰八叉地躺在岸边的红柳丛中晒太阳。

乐乐告诉我，那一天是他一生中最快乐的时光，那种美好甚至超过了他看到的洞窟胜景。然而，在红柳丛中晒太阳的他，完全没有意识到，这样的时光将一去不复返。

令乐乐感到后悔的是，那一天他在红柳丛中睡得昏天黑地，根本没有去好好体会最幸福的时光究竟是什么样子的。

回家的方向

第二天，太阳都晒屁股了，乐乐还在呼呼大睡。

自打生下来，乐乐就特别喜欢睡觉，总也睡不醒。他在妈妈的怀里睡过，在爸爸的背上睡过，在红柳丛中睡过，在干草堆里睡过，在敦煌研究院宿舍的土壁橱里睡过，在画家的羊皮袄里睡过，在花园的葡萄架下睡过，在佛像的肩膀上睡过，在厨房的灶台上睡过，总之没有他不能睡或者睡不着的地方。

乐乐总是不能像哥哥姐姐那样严格遵守父母制定的作息时间。因为怕他晚起挨罚，每天早上，安安和顺顺总是轮流来叫醒他。

可不知为什么，这天早上当乐乐醒来的时候，感到四周的空气里有些异样。橙色的阳光透过树冠照进屋里，在墙上洒下斑驳摇曳的阴影。父母巡逻去了，窗外有麻雀的啁啾声，房间安静得像迷失在梦境里的一叶小舟。

乐乐突然倦意全无。他想到昨天在红柳丛中晒太阳的时候，和哥哥姐姐约好今天要去河里抓小鱼。为什么日上三竿还没有人来叫醒他？家里人都到哪儿去了？安安和顺顺一定是撇下自己玩去了，他心想。

“安安！顺顺！你们居然撇下我，太不够意思了吧！”乐乐一边起身一边嘟囔道。他顾不上洗脸，叼起柳枝编的软草帽就往屋外跑，迎面和父亲朝歌撞了个满怀。

“你慌慌张张的，要干什么去？”朝歌望着冒冒失失的乐乐。

“安安和顺顺呢？说好了一起去抓小鱼，他们居然不叫醒我！”乐乐气恼地说，边说边往外跑。

刚一出门，他就看到母亲妙羽坐在门前的胡杨树下。“咦，今天妈妈怎么没有去巡逻？”乐乐感到有一种不可言说的忧伤蔓延到自己心里，他总是对母亲的情绪特别敏感。“出什么事了？”乐乐边想边一口气跑到妈妈跟前。他发现妈妈的眼睛里闪着泪光，神情忧伤，显然是刚刚哭过。

“妈妈，你怎么哭了？”乐乐有些不知所措。

“乐乐，有件事妈妈要告诉你。你们三个长大了，按照祖先留下的规矩，你们中只有一个可以留下来守护莫高窟，其余的兄弟姐妹要被送去守护其他的遗址。”

“什么？你是说安安和顺顺要走？我不要！我不同意！”乐乐感到非常突然。

“不是要走，他们已经走了。”妙羽还来不及阻止，朝歌就对乐乐说出了实情。

“走了？”乐乐感到极度震惊，“去哪儿了？什么时候走的？为什么你们不告诉我？为什么连告别也没有？”他说着就哇哇大哭起来。

妙羽看着伤心的乐乐，眼里涌出了泪水。

“如果那天不是你们偷跑进洞子里，安安和顺顺就不会这么快被送走，我们一家还有更长一些时间可以团聚。”父亲怅然若失地说。

乐乐停止了哭闹，睫毛上挂着泪珠，“这是为什么？”他一下子想起那天偷跑进洞的情形，不解地问道。

朝歌望着远方的三危山，若有所思。他转过身，用自己的头蹭蹭乐乐的脑袋：“我们不是一般的犬族，而是犬族中的守护犬。我们祖祖辈辈的使命就是守护莫高窟，这个使命传承的时间比你所能想象的还要久远。在莫高窟还没有开窟前，我们的祖先就已经受命在此等候第一位开窟者，他就是乐僔和尚。”

“这和我有什么关系？我要安安和顺顺回来！”乐乐说着又哭了起来。

“你是不是可以看见壁画上的人在动，能听见他们说话？”朝歌问道。乐乐感到自己的秘密好像被揭穿了，轻声地回答：“呃……爸爸是怎么知道的？”

“是你脖子上的铃铛告诉我们的。你那天去的第156窟是唐代的洞窟，你见到的壁画是《张议潮统军出行图》，画的是河西节度使张议潮收复失地，获唐皇嘉奖后荣归故里的场景。你当时是不是见到了马队中的猎犬，是他赠予了你这枚铃铛，对吗？”

“是的，他说他叫禹光。禹光是谁？”乐乐低头看了看胸前的铃铛。

“禹光是我们生活在唐朝的祖先。张议潮是个大英雄，他看到吐蕃统治下的河西地区民不聊生，誓心归国。后来，他率领敦煌军民起义，以大唐节度使之名，先后从吐蕃人手中收复了沙州、瓜州等十一州，使敦煌重新回到了唐朝的版图。禹光是张议潮的爱犬，作为随军犬，他在战役中还曾救过张议潮。”

“这么说，我那天见到的禹光是我们犬族的英雄？”乐乐问道。

“是大英雄！是犬族中最德高望重的守护犬。敦煌是中原通向西北最重要的门户，如果失去这片土地，唐朝首都长安的安全会面临威胁。禹光不仅智慧勇敢，而且通马语，他暗中指挥张议潮的马群，克敌制胜、所向披靡，令敌人闻风丧胆。张议潮收复了唐朝失地，禹光老祖功不可没。”

“为什么只有我能看见活动的壁画，听到禹光说话和铃铛的声音？”乐乐好奇地问道。

“这个我也说不清，犬族的每只守护犬都有奇异的禀赋。有的力大无比，有的可以日行千里，有的能听懂各种动物的语言，还有的可以听到千里之外的声音……总而言之，只有拥有特殊的禀赋才能守护莫高窟。我和你妈妈那天看到你的脖子上佩戴了这枚铃铛，就明白你去过第156窟，老祖禹光选中了你作为莫高窟的守护犬。这就意味着你可以留下来，而安安和顺顺要被送去其他地方。”

“哥哥姐姐被送去了哪里？是谁带走了他们？”

“这个我们也不知道。”朝歌若有所思。

乐乐追问道 :“那我还能见到他们吗？”

朝歌蹭了蹭乐乐的脑袋说 :“我想会的，总有一天你们会重逢。”

这一切发生得太突然了，乐乐好像明白了些什么，又好像什么也没明白。他走回妈妈的身边，用鼻子蹭了蹭妈妈的脸，妈妈舔了舔乐乐的背。现在，朝歌和妙羽只剩下乐乐一个孩子了。三只犬默默地望着夕阳下犹如金沙覆盖的莫高窟，莫高窟也在默默地注视着他们。

就像时常见到崖壁上的人影一样，此时乐乐的眼前突然浮现出他从未见过的景象：一只青鸟从九层楼上空飞越而过。

乐乐听到妈妈轻声地说："无论去到哪里，心可以告诉我们回家的方向。"

悠悠的丝绸之路

安安和顺顺离开之后，乐乐常常感到很寂寞。

现在，他每天跟随父母在莫高窟巡逻。起初他还觉得有趣，时间长了就感到有些乏味。

同样的时间，同样的路线，同样的风景，每天重复做同样的事情，这有什么意思呢？只不过今天从北朝窟走到魏晋窟，明天从元代窟走回唐代窟。那些雕塑总是一脸严肃，无论你怎么问候打趣，他们都不为所动，总之没话、没音、没脾气。

乐乐最喜欢的还是那天遇到的两个小飞天，她们常常一前一后飞下来，停在他的面前。小飞天长长的飘带悬浮在空中，身体柔软轻盈得像云朵；她们肤色晶莹剔透，眼睛像精致的宝石一样熠熠生辉。乐乐喜欢看她们的眼睛，多么干净清澈的眼神啊！妙音鸟迦陵频伽有时候也会在乐乐的身边飞来飞去。

挂着飘带的乐器，看上去自由自在，与世无争，实际上它们也有日常的工作，那就是排练。这些乐器各有各的性格，有的比较矜持，有的比较开朗，有的中规中矩，有的脾气火暴……它们高兴了就会合奏出天籁一样的音乐，要是意见不合就会吵架。有好几个夜深人静的晚上，乐乐就听见乐器在排练的时候吵了起来，还吵得很凶呢！不过飞翔的乐器都明白一个道理：再吵也不能怠工。它们谁也离不开谁，少了任何一件乐器，都不能合奏出精妙绝伦的天乐。

想到如此美好的音乐只为他演奏，也唯有他可以听见，乐乐的心里不免生出几分得意。不过每当这时，他也就愈发想念安安和顺顺，愈发想念兄弟姐妹吵闹打架的那些时光……至少他现在还能每天看到爸爸妈妈，而远在他乡的安安和顺顺又该是怎样地渴望回家呢？这样一想，乐乐又感到自己是最幸运的。

乐乐常常趁妈妈不注意的时候开溜，去窟区外的白杨林里追蝴蝶、蜻蜓，或者观察螳螂和蚂蚱。因为无聊，他喜欢捉弄窟区的石鸡，或是追逐一只名叫悠悠的小灰猫，时而把她追到树上气鼓鼓地喵喵大叫，时而在她打盹的时候吓她一大跳。

不过乐乐也有尴尬的时候。有一次他跑到正在进食的胡羊群里捣乱，折腾小胡羊们的草料，踩翻了他们的食盆。这样做的后果是胡羊妈妈伸长了脖子，撵着他一路狂奔。乐乐被迫在莫高窟气喘吁吁地跑了两个来回，以免自己的屁股被胡羊妈妈的头给顶痛了。

乐乐一路奔跑的时候，瞥见崖壁上菩萨、罗汉、天王、金刚、仙鹤、神兽们纷纷围观。令他难堪的是，那些平时看起来漠然的壁画、泥塑，此刻却都一边看热闹，一边哈哈大笑。他们的笑声从魏晋一直穿越到唐宋，贯穿了悠长的历史。这还没什么，特别令他难以接受的是，灰猫悠悠居然在树上手舞足蹈、幸灾乐祸！

一路狂奔的乐乐边跑边向妙羽求助："妈妈，救命呀！"悠悠则趴在高高的树上甩着尾巴看热闹，口中还念念有词："善有善报，恶有恶报……"

打这以后，乐乐的淘气就收敛了很多。妈妈告诉他，巡逻时一定要专注，绝对不能三心二意，要时刻留意周围有没有危险，看护的壁画有没有出现问题。作为守护犬，还必须学会和保护区的小动物好好相处，不能过于任性。

乐乐从妈妈那里得知，悠悠的母亲拉拉是一只名贵的波斯猫。拉拉的祖先跟随波斯商人沿着丝绸之路来到中国，他们中有的随商队东去长安，拉拉的祖先则留在了敦煌。因此，悠悠还是一只有着外国血统的猫呢！而小胡羊的祖先就更厉害了——他们祖祖辈辈在气候干旱、恶劣的戈壁沙漠地区生存，晨饮山泉水，暮卧冰雪被。他们在敦煌这片土地上生活的时间，可比莫高窟建窟的时间还要久远呢！他们为什么叫“胡羊”呢？原来，古代西域地区有很多少数民族，比如月氏人、鲜卑人、于阗人、粟特人，还有匈奴人。“胡羊”的名称和“胡人”“胡服”“胡马”一样，表示他们的来历与西域地区的少数民族有关。

从此，乐乐明白了每一个看似平凡的生命，都来自一段不平凡的历史。

神秘的三组数字

怎么打发每天巡逻的时光呢？乐乐开始注意洞窟上的一排排数字。

在一次巡逻回家的路上，乐乐好奇地问妈妈："为什么每个洞窟的外墙上都有几组数字呢？从简单的1、2、3……到15、42、58……一直到158、285……这些数字有什么意思呢？"

妙羽告诉乐乐："这是从前的人给洞窟编的号，通过编号就可以统计出洞窟总的数量。"乐乐对这个答案感到并不满意，他发现每个洞窟都有几组不同的编号，于是继续追问妈妈："那为什么同一个洞窟的几种编号是不同的呢？"

"说来话长，你去问问爸爸吧，今天游客特别多，我要去数字展览中心执勤。"妈妈离开后，乐乐紧跑几步，追上朝歌问道："爸爸，为什么每个洞窟要编上几组不同的数字？"

朝歌回头望了乐乐一眼，慢悠悠地说："遇事首先要自己动动脑筋。你有没有注意到每组数字的尾数都是不一样的？"

"是的，我注意到了……哦！我明白了！这是不同的人，在不同的时候计数的结果，对吗？他们当时一边计数一边编号，为的是避免重复记录，尽管如此，却依然得出了不同的结果。是这样吗？"乐乐恍然大悟。

"你只说对了一半，给洞窟编号不仅仅是为了计算数量，还有更重要的意义。比如，当你要告诉我巡查时在哪个窟发现了什么情况时，你会怎么和我描述呢？"

"我明白了！编号就是洞窟的名字，有了名字，我就能向爸爸报告准确的消息了。编号的作用不仅是统计数量，还便于洞窟的保护、管理和研究。对吗？"

"嗯！那我现在问你，你知道哪组数字最准确吗？"朝歌问道。

"爸爸，我知道你要说什么了。"乐乐模仿爸爸的语气说，"想知道最准确的结果，必须自己亲自数过。"乐乐说完就笑了起来，接着对爸爸讲："可是爸爸，我觉得不用这么复杂，也不用再数一遍，尾数最大的数字肯定是正确的。"乐乐自信地说。

"哦？你为什么这么肯定呢？"朝歌问。

"爸爸，遇事要自己动脑筋。"乐乐再次模仿爸爸的语气说道，"答案其实很简单，因为那组数字最新啊！说明那才是最近、最准确的一次统计。"

朝歌看着乐乐这副古灵精怪的样子，哈哈大笑。

朝歌接着说："莫高窟创建于公元366年，连续建造达千年之久。至今在1700米长的断崖上保存了735个洞窟、45000平方米壁画、2000多身彩塑。世界上没有一处佛教遗址能绵延千年建造，又保存了如此丰厚博大的艺术宝藏。真是了不起啊！"

乐乐突然打断朝歌说："爸爸，不对呀！既然您说莫高窟有735个洞窟，为什么我看到最大的数字是492，而不是735呢？"朝歌蹭了蹭乐乐的脑袋："你别着急呀，我还没说完呢！莫高窟有壁画和彩塑的洞窟是南区487个，北区5个，一共是492个；北区没有壁画和彩塑的洞窟是243个，编号以B

开头。492加上243不就是735吗？”

“那为什么莫高窟到了元代就逐渐衰败了呢？我听讲解员叔叔阿姨们说，明代‘闭关’之后，敦煌被废弃了。爸爸，什么是‘闭关’？为什么要‘闭关’？为什么现在没有人在这里开窟造像了呢？”乐乐不解地问。

“敦煌是陆上丝绸之路的重镇，有着重要的地理位置和战略位置，正是因为这个原因，敦煌才成为东西方贸易和文化交流的重镇。可是到了宋代，随着航海业的发展，海洋贸易的路线被开辟，海上丝绸之路逐渐代替了陆上丝绸之路，敦煌及其周围一些城市就衰落了，莫高窟也逐渐淡出了历史。明嘉靖七年（1528年）嘉峪关闭关，不再与西域交流通商。之后的四百年间，莫高窟长期无人管理，这个曾经繁华的边陲重镇逐渐沦为破败不堪、满目疮痍的废墟。”

乐乐歪着脑袋，自言自语道：“原来是这样，那现在的这几种编号又分别是什么人编的呢？”

“我们现在只看到三种编号，其实莫高窟南区前后经过七次编号。每次编号，因人而异，标准不同，方法不同，编号的结果也就不同。你看，C字头的是一位名叫张大千的画家编的号。他酷爱敦煌的艺术，曾经在敦煌住了两年。他夜以继日地临摹壁画，后来在各地举办敦煌临摹的画展，产生了很大的影响。说起张大千，他在敦煌临摹壁画时还养过两只狗，一只叫黑虎，一只叫银湖。后来他把黑虎带去了成都，只留下了银湖。银湖后来成为莫高窟的守护犬，他是我的曾祖父，守护了莫高窟一辈子。P字头的是法国探险家伯希和编的号，这个人把很多敦煌的文献运回了巴黎……最新的这组数字是在敦煌艺术研究所第一任所长常书鸿先生的主持下重新编的。”

乐乐好奇地问："那我们的祖先有没有给洞窟编号呢？"

“问得好。这些数字其实只显示了人类能够看见的洞窟，莫高窟内还藏着许多历史的秘密，还有许多人类看不见，只有我们犬族知道的‘洞窟’。这些‘洞窟’无法在地图上标出，也无法编号，只能记在心里。”朝歌轻声说道。

“爸爸，你看！”乐乐指着高处的一个窟，“156，那就是我遇见禹光的洞窟吧？”就在这时，乐乐脖子上的铃铛突然摇了起来。

“铃铛自己发出声音了，爸爸，有危险！”乐乐警觉起来。

过路的风，卷起一阵黄沙，幽灵一样在道路中央旋转着。

危险来自莫高窟的崖壁顶端，朝歌抬眼望见了崖顶的几个黑影。他认了出来，领头的是那天和自己交战过的巨型鬣狗沙舥，他的身边多了十来条野狗。

“别慌！”朝歌压低声音对乐乐说，“崖顶上有野狗群，现在不能跑。不要慌张，保持镇定，就像平常巡逻一样，稳步往前走。现在是白天，他们怕猎枪，所以不敢到人多的地方。”

乐乐感到自己的心脏咚咚地跳得厉害，好像马上要跳到嗓子眼了。但是，他很快稳住自己，跟着父亲朝歌的步伐，缓缓往前走，没有流露出丝毫害怕的样子。一会儿，头顶的黑影就消失了。

沙尘暴来了

午后，莫高窟被怀抱在暖洋洋的日光里。

乐乐趁着妈妈打盹儿的工夫又偷跑出去玩。他觉得今天好像有些不寻常，洞窟早早地关了门，路上一个人都没有。乐乐沿途看到两只鸽子站在窟檐上。这种鸽子在莫高窟不常见，但是他记得爸爸妈妈告诉过他，鸽子回家的信念极强，无论离家多远，无论回家的旅程多么艰辛，都改变不了它们回家的信念。鸽子的心中永远装着家，鸽子是永远为了回家而飞翔的生灵。

人类饲养和驯化鸽子的历史非常悠久。公元前3000年左右，埃及人和希腊人已经开始驯养鸽子，并且用鸽子传递书信了。商周时期，中国人已经懂得饲养家鸽。到了秦汉时期，鸽子的饲养已经非常普遍。21世纪的人类用互联网传递信息，动动手指就能把信发出去。可是，古代征战的军队和远行的游子，能够想到的最快捷的传信方式就是用鸽子来送信。

眼前这两只可爱的鸽子是从哪里来的？要飞到哪里去呢？它们是穿越“死亡之地”塔克拉玛干沙漠来到敦煌的吗？它们是和鸽群失散，迷路了吗？它们是穿越了暴风雪的精灵吗？如果一路上没有充足的食物，它们该怎么办呢？如果遇到了猎人的枪，它们又该怎么办呢？

张骞出使西域会不会利用鸽子传递书信？古代驻扎玉门关的军队会不会用鸽子来传递情报？敦煌壁画中也有这样的鸽子，还是天神毗首羯摹天变成的，这些鸽子该不会也是毗首羯摹天变的吧？……

乐乐的头脑里一下子蹦出许许多多的问题。他想邀请长途跋涉的鸽子到自己的窝里歇歇脚，给它们吃莫高窟最好吃的果干和杏仁。“汪！汪！汪！”他抬头和这一对鸽子打招呼。没想到鸽子却哗啦啦飞离了崖顶，顺着风的方向飞远了，不一会儿就消失在天边。乐乐感到非常懊恼，一定是自己打扰了鸽子的休息。

乐乐眺望鸽子的飞行路线时，远远地望见了悠悠。悠悠的样子有些惊慌，她匆匆忙忙地闪进了一道门。乐乐感到有些纳闷："今天怎么了？悠悠怎么鬼头鬼脑的？咦？为什么这么安静？人都到哪里去了？"

不到一顿饭的工夫，西风就刮起来了，风出奇地大。没走几步路，太阳好像从空中坠落了，天光瞬间暗下来。乐乐有一种不祥的预感，他下意识地转身往家的方向走，却发现天际线上有一朵巨大的黄云裹卷而来。黄云以极快的速度朝莫高窟的方向移动，越来越大，越来越高，不一会儿连道路都看不清了。乐乐惊讶地张大了嘴巴，呆立在原地。就在他即将被黄云吞噬的时候，妙羽不知从哪里跳了出来，将乐乐压在自己的身下，还用爪子为他遮住了口鼻。

过了很久，风渐渐安静下来。乐乐从妈妈的怀抱中探出

小脑袋，周围一片寂静。乐乐觉得自己的耳朵、鼻子、嘴巴、皮毛里全是沙子，晕头转向。他使劲地抖了抖浑身上下的沙子，皮肤竟然有些刺痛。

乐乐心有余悸地问道：“妈妈，刚才的黄云是大妖怪吗？”

“这是沙尘暴，春季是敦煌沙尘暴最多的季节。以后可不能乱跑，如果被埋在沙子里就很危险了！”妙羽严肃地看着乐乐的眼睛。

乐乐突然想到被自己吓跑的两只鸽子，释怀地笑了。他心想，幸亏自己吓跑了鸽子，否则它们可就要遭殃了。现在，它们一定自由自在地翱翔在蓝天里。乐乐在心里一遍遍祈祷：“可爱的鸽子，但愿你们躲过沙尘暴，躲过暴风雪，躲过猎人的子弹，躲过足以折断翅膀的气流，早日回到你们的家。但愿明年你们还来，但愿我还能再遇见你们。”

这是乐乐有生以来第一次遇见沙漠地区的沙尘暴。

沙尘暴是强风将戈壁沙漠上的沙尘卷到空气中形成的。在敦煌地区，沙尘天气非常频繁。乐乐意识到，在戈壁中生存下去，无论对于动物还是人类，都是一件极不容易的事情。

妈妈带着乐乐往崖顶走去。乐乐登上了崖顶，他的眼前耸立着巨大的沙山，如同虎视眈眈的野兽，好像随时会一跃而起，吞没整座莫高窟。

乐乐看到，在莫高窟和巨大的沙山之间有“人”字形的两道网，网的外面已经堆起了半人高的沙堆。妈妈告诉乐乐：“莫高窟人一直在想办法应对沙害。几十年前，他们每天都要来洞窟清理沙子，用牛车运沙。但人类的科技发展很快，现在科学家已经掌握了莫高窟崖顶沉沙迁移的规律，在崖顶安装了尼龙防沙网，还种植了两条长长的防沙林带。”

乐乐说：“我知道！防沙林带里种的是梭梭树、花棒和沙拐枣这些能在沙地里生活的植物。悠悠骗我吃过沙拐枣的果实，可扎嘴了！”

乐乐和妈妈下了崖顶，身前是一眼望不到头的网格草地。

乐乐不禁惊叹道：“太壮观了！”

妈妈告诉乐乐，这是“草方格”，是莫高窟人治沙的智慧。乐乐发现，原来草方格就是人们先把废弃的麦草一束束在沙上铺成方格的形状；再用铁锹轧进沙中，留下一截麦草竖在方格四边；最后将方格中心的沙子拨向四周的麦草根部，将麦草牢牢地固定在沙地上，这样就能够固定沙土，锁住水分。乐乐不禁赞叹道："真是太聪明了！下次我要和研究院的叔叔阿姨们一起来做草方格。"

回家的路上，乐乐和妈妈遇见了一位身形瘦小的老奶奶。妈妈告诉乐乐，她是"敦煌的女儿"樊锦诗奶奶，她在莫高窟生活了半个多世纪。乐乐很喜欢这位老奶奶，他发现莫高窟的每一个人都和自己一样喜欢这位奶奶。

樊奶奶的脸上、手上有着刀刻一样的皱纹，就像沙漠里的胡杨树。

在巡逻的路上，乐乐经常能遇见樊奶奶。她走得很慢很慢，乐乐快跑两步就能超过她，但不知道为什么，乐乐总想停下来等等她，陪着她一起慢慢地走过九层楼，和她一起静静地听一听九层楼的铃铎声。

藏经洞往事

一天，乐乐跟着妈妈巡逻时又开小差了。原因是他发现了一只在砂石中飞奔的小蜥蜴，这种沙漠中的小蜥蜴，周身闪耀着金属的色泽。

他追着小蜥蜴一路向前，不知不觉钻过了道士塔前面的围栏。乐乐抬头看了看塔身，觉得它的形状有点像壁画上的宝瓶，中间还多了一块石碑，上面影影绰绰地浮现着碑文。乐乐轻轻一跃就跳上了塔基。他摩挲着模糊的碑文想要看得更清楚，却听到妈妈的声音从不远处传来。

“乐乐，快下来！”妙羽有几分生气。

“妈妈，我可没有淘气，我是在认字。你看，这块石碑上刻着字，我认识这个字，三横一竖，念‘王’，两横一竖，念‘土’,对不对？不过其他就看不清了,这都写了些什么呢？”

妙羽大声喊道：“乐乐，下来！这是王道士的墓……”

乐乐听到“王道士的墓”，吓了一跳，一不留神从塔上滚了下来。

乐乐掉到地上摔痛了屁股，他爬起来抖了抖身上的沙土，惊魂未定地问：“妈妈，王道士是谁啊？他的墓怎么会在这儿呢？”

妈妈带着乐乐离开道士塔，往九层楼方向走去，边走边耐心地告诉乐乐：“王道士是一百多年前清朝的一个道士，当时他就生活在莫高窟。”

乐乐好像想起了什么：“我想起来了，爸爸说藏经洞就是王道士发现的！”

妈妈点了点头说：“是的。王道士在清理莫高窟今编第16窟的积沙时，偶然发现了一个大约三立方米的小洞窟，里面存放着五万多件经卷、文书、织绣、绘画、拓本等稀世文物。”

乐乐惊讶地张大了嘴巴：“五万多件！它们现在都还在藏经洞里吗？”

妈妈带着乐乐走到藏经洞前，乐乐发现原来藏经洞没有自己想象的那么大，只是一个小小的石室。里面什么经书都没有，只端坐着一尊僧人的塑像，他身穿袈裟，一副若有所思的样子。

“他是谁呀?”乐乐问道。

“这位是高僧洪辩，他是一位精通汉语和藏文的翻译家。藏经洞原是这位高僧的纪念室。”妈妈轻声说道。

乐乐注意到坐像背靠的洞壁上画着两株菩提树，枝叶缠绕交叉，树上悬挂着净水瓶和布袋。东边的菩提树下有一位慈眉善目的执扇比丘尼，西边的菩提树下站着一个持杖托巾的侍女。两人望着乐乐，默默不语。

“妈妈，藏经洞里的文物到哪里去了呢?”乐乐好奇地问妙羽。

妙羽看着空空的洞子叹了口气说:“王道士当时不知道藏在这里的文物的价值，以很便宜的价格将它们卖给了外国探险家。现在藏经洞里的大部分文物都在英国、美国、法国等国家的博物馆里，只有一小部分保存在这座藏经洞的陈列馆，以及北京国家图书馆中。”说话间，妈妈带着乐乐走到了藏经洞陈列馆前。

陈列馆前面横着一块大石头，妙羽从左到右念给乐乐听：“敦煌者，吾国学术之伤心史也。”乐乐突然有些惆怅，他默默地望着藏经洞的方向，心想，要是当时自己在该多好，他一定死死咬住那些外国探险队员的裤腿，绝不让他们带走这些珍贵的文物。

当晚，乐乐听着窗外的风声，想着陈列馆院中的大石头，翻来覆去睡不着。白杨树在寂静的夜里沙沙作响，好像有一双手在翻阅着那些藏经洞的经卷。

执迷不悟的王道士

这天晚上，乐乐做了一个梦。

梦里，乐乐在道士塔下遇见了一个道士模样的老者，他身着道袍，还戴了一顶道士帽。乐乐上前问道："你就是王道士吧？听说是你最先发现了藏经洞？"

王道士面露得意之色，一字一句地答道："原来是乐乐大王啊，贫道正是王圆箓。1900年6月22日这天清晨，贫道听到天炮震响，山体突然开裂。我沿着裂缝用锄头那么一挖，就发现了藏经洞。"

王道士坐定，掸了掸袍子上的灰，刚想要细细道来，一个高鼻子蓝眼睛的外国人打断了他。这个外国人穿着黑色大衣，还拄着一根手杖。他说："藏经洞是王道士发现的不假，但怎么发现的，恐怕是编出来的吧？”

“请问你又是谁呀？”乐乐问道。

“我是法国探险家伯希和。”伯希和摘下帽子说，“1908年我到过敦煌，当时王道士和我说的可不是这样。他说自己是佛的忠实弟子，佛示意他去挖掘一个价值连城的密室，他遵照佛的旨意，果然发现了藏经洞。”

乐乐问王道士：“王道士，你认识他吗？”

王道士说：“常言说‘人靠衣裳马靠鞍’，一开始差点没认出来。没想到还能再见到你，伯希和先生。听说你后来出了大名，虽然你剃掉了络腮胡子，换了装束，但你的声音我还记得。”

伯希和说：“托您的福，谢谢您的慷慨。我当时给了您五百两银子，您让我带回了一万余件经卷和绢画。这笔买卖确实让其他很多探险家羡慕嫉妒恨啊！哈哈哈……”

“伯希和，你简直太幸运了！”乐乐循声望去，原来是另一名身穿探险服的外国人。他边摇头边说：“我是英国探险家斯坦因。我才是第一个到达敦煌藏经洞的外国探险家，可惜

我当时钱带得太少，只付给王道士四锭马蹄银。难怪他把最好的东西都给了你，想起来我都后悔！”

王道士看见来人有点激动，他站起来仔细辨认："没错！你是斯坦因！虽然你也老了，但我还能认出你。你是我见到的第一个外国人，真没想到还能遇见你！你离开莫高窟时装了几十箱货物，足足雇了四十多头骆驼啊！”

斯坦因看着王道士："我去过印度，到过新疆地区，但都没有来敦煌的收获大。你对我很宽厚，但是我很抱歉，对你说了谎。其实我是英国探险家，不是什么唐玄奘的弟子。不过，如果我当时说实话，你就不会为我打开藏经洞的大门了。”

伯希和向斯坦因行了个礼："斯坦因先生，当我面对已经被你翻检过的藏经洞时，本来已经不抱什么希望了。谁知道，还有那么多宝贝你根本没有发现！只能说你眼力不够好，对文献的判断力有限。我有幸在洞里待了整整三个星期，几乎翻遍了藏经洞所有的文书，连一片纸都没放过。我带回法国的经卷绝对是最有价值的精品，这也是学界公认的。敦煌之行可是我这一生中最伟大的探险！”

王道士愤怒地说："你们算什么'伟大的探险家'，就是两个骗子！斯坦因，你骗我说自己是前来取经的唐僧弟子，我相信了。谁知道这完全是你编出来的谎话！伯希和，你骗我说会派人来把我接去法国，办展览、建寺庙，我也相信了。结果你根本没有派人来接我！你们走后，又来了几个外国人。最可恨的是美国人华尔纳，他骗我只是进洞看看，结果把最好的壁画割下来偷走了！你们这些骗子出了大名，却让我成了千夫所指、遗臭万年的罪人！"

王道士说完就哭了起来。

乐乐质问王道士："你当时为什么不报官？"

王道士捂着脸说："我报了，我报给了敦煌县令汪宗翰，汪宗翰又报告了甘肃学政叶昌炽。可是没有用啊……不报还好，一报之后，隔三岔五就有官员来向我索要藏经洞文献。你叫我一介草民有什么办法？！"

"一派胡言！我当时让你将文物就地封存，妥加保管，不许外流。是你贪图小利，私自把国宝卖给外国人，还私藏国宝，你胆大包天！"汪宗翰突然出现，他还是一副清代地方官的打扮。

乐乐看着瑟瑟发抖的王道士说："你为什么要私藏国宝卖给外国人？是不是因为可以挣钱？"

王道士见乐乐猜中了自己的心思，神色慌张地说："呃……是！呃……不是，不是挣钱！他们给的银子不是给我的，是捐给我修庙的功德钱，我就收下了。"

乐乐努力克制着自己的情绪："你也是人！为什么就那么怕外国人?！"

王道士抬头看了看斯坦因和伯希和说："我天生胆小，这些探险家来莫高窟的时候，随身都带着枪，我心里当然很害怕。一天夜里，我的一条看门狗不知被谁给打死了。在敦煌这样偏僻的地方，谁来保护我呀？听说外国人连圆明园都敢烧、敢抢，他们还有什么不敢做的呀？我怕他们去抢，我怕冒犯了他们，白白死了也没人知道啊！再说，我哪知道洞子里的东西那么重要啊！"王道士说完又哭了起来。

乐乐听完王道士的哭诉，摇头不已："可怜之人必有可恨之处！你怕穷，你怕枪，你怕官，你还怕死！你什么都怕，可你就是不怕良心的谴责，不怕对不起祖宗，不怕活得没有尊严！听说，你还把最好的一部分经卷藏匿在一个大木桶里，为的是日后转卖给外国人。王道士，你呀你，真是执迷不悟！”

荒漠里的盗贼

第二天早上，乐乐醒来后发现爸爸妈妈不见了。

他找遍了整个窟区也不见父母的身影。中午时分，乐乐远远望见大路上，父亲朝歌拖着沉重的步子往回走。乐乐一下子兴奋起来，他一路撒欢儿地向父亲跑去，越跑越觉得不对劲。父亲走过的地方，留下一个个血脚印。

朝歌的腿受伤了，伤口正在流血。

乐乐以为父亲只是和从前一样，在巡逻时遇到了野狗，伤口过些日子就会好起来。于是他摇着小尾巴，高高兴兴地绕着父亲转圈圈，一会儿亲亲他的鼻子，一会儿亲亲他的下巴，亲亲他的脸……他突然亲到了咸咸的液体，那是父亲的眼泪。

这是怎么回事？

乐乐看着父亲痛苦的表情，不安地问道：“爸爸，你怎么了？妈妈呢？”

朝歌一脸沉重，喉咙里发出痛苦的哼鸣。他俯身亲亲乐乐，带着他默默走回了家。

很快，一个坏消息传遍了莫高窟：妙羽被狗贩子偷走了。

研究院的工作人员调看监控时发现，出事地点是监控的盲区。因此，狗贩子是谁，他用了什么方法把妙羽偷走，无从知道。但路上的监控还是显示了朝歌一路追赶着一辆黑色的面包车。那应该就是带走妙羽的车，车门上有一个醒目的标志——。

朝歌记得清晨时分，太阳还没有升起，莫高窟光线昏暗，他在远处听到妙羽的呼喊，急忙前去营救。没想到被套杆套住的妙羽已经被装进了一个麻袋，手握套杆的人蒙着面，他把妙羽丢进了车里。朝歌沿着大路一直追赶那辆汽车，直到追不动了才停下。

此后的几天里，朝歌几次把乐乐带到出事地点，乐乐记

住了空气中残留的味道。

自从妈妈丢了之后，乐乐每天跟随爸爸去巡逻。

只是，他再也不敢打瞌睡了。他像妈妈在时要求的那样，每天按时吃饭，按时睡觉，按时去莫高窟巡逻，而且巡逻时更专注、更认真了。每次巡逻路过九层楼时，乐乐都会在那里站一会儿，听听风吹过铃铎的声音。妈妈告诉过他，这是家的声音，是莫高窟的声音。乐乐相信九层楼的铃铎声会把妈妈带回家，带回莫高窟，带到自己的面前。

巡逻以外的时间里，乐乐就守在通往莫高窟的路口，望着一望无际的戈壁滩上绵延的公路，希望有一天能看到妈妈的身影。

悠悠看到每天固执地守在路口的乐乐，心里有些难过，她不知道自己可以为好朋友做点儿什么。在乐乐每天等妈妈回家的这段时间里，悠悠也格外想念自己的母亲拉拉。

研究院的工作人员蓝天有空时也会来探望。她特别喜欢乐乐，经常给乐乐带些肉肠和罐头，或者只是陪他默默地望着远方。时间一长，大家都觉得心疼，劝乐乐不要再等了。

乐乐总是摇头，因为他相信妈妈一定会回来的。

乐乐反复想起妈妈对他说过，鸽子飞翔的全部意义就是为了回家，无论飞得多远，无论回家的路程多么艰难。妈妈也一定会这样，无论走得多远，无论在哪里，她一定不会忘记回家的路。

爸爸生病了

朝歌一连几天没有合眼了，他整夜整夜地坐在门前的胡杨树下。

乐乐好几次晚上醒来，看见爸爸在胡杨树下孤单的身影，心里酸酸的。他知道爸爸不放心妈妈，每天晚上都在树下等妈妈。

一天中午，乐乐和爸爸巡逻的时候发现爸爸的嗓音嘶哑，鼻头干干的，眼睛里的光黯淡下来了。乐乐用鼻子碰碰爸爸的脸颊，发现他的脸很烫。

“爸爸，你发烧了！”乐乐关切地说。

“没事的，不用担心。昨晚受了些风寒，过几天就好了。”朝歌故作轻松地说。

乐乐从来没有想过这样强壮的爸爸也会生病，他打断朝歌：“我去请医生。”话音刚落，乐乐就撒腿往研究院的办公楼方向跑去。不一会儿，他就回来了，身后跟着蓝天。

原来蓝天在整理考古资料的时候，突然听到乐乐在门外叫。她一开门，乐乐就抬头对着她一个劲儿地叫。蓝天从乐乐着急的表情和动作中看出，一定是出了什么事，于是就跟着乐乐一路跑来。

蓝天发现朝歌病了，立刻去医务室取来了冰袋和酒精。她用冰袋敷在朝歌的腹部，又把酒精倒在毛巾上，轻轻揉搓朝歌的四个脚垫和耳朵，帮助他进行物理降温。等朝歌的体温降下来之后，蓝天才回去上班。乐乐叼来了水壶，放在爸爸的食盆边。他记得从前自己发烧的时候，只要多喝水，病就好得快，现在应该让爸爸大量地喝水。

“谢谢你，好孩子！”朝歌感激地说。

“客气什么？我是你儿子呀，照顾你是应该的。”乐乐趴在爸爸的身边，突然感到好难过。妈妈走了，爸爸又病了，他的心里空落落的。但是他强忍住泪水，脑海里搜索着一些有趣的话题。

“爸爸，世界上动作最慢的动物是什么？”乐乐歪着脑袋、故作轻松地问道。

“是乌龟吗？”爸爸看着体贴的乐乐，心里涌出一丝暖意。

“我长这么大，还没见过乌龟呢！不过最慢的动物应该是蜗牛。有一天，我在家睡觉，突然有人不停地敲门，把我给吵醒了。我去开门，发现门外一个人也没有，正当我要关门的时候，突然听到地上有个声音说：‘你好！我渴了，能给我些水吗？’我找了半天，原来是一只小蜗牛。我用尾巴一扫，就把蜗牛给扫走了，然后接着回去睡觉。过了一个多月，又有人在我睡觉的时候不停地敲门，我很生气！开门后发现门外还是一个人都没有。我正要关门，突然听见有个声音在我脚边说：‘你刚刚干吗扫我？’原来就是一个月前吵醒我的那只蜗牛！”说完乐乐自己大笑起来，笑得前仰后合，眼泪都出来了。但是他发现爸爸没有笑，于是再也忍不住了，趴在爸爸的怀里呜呜地哭了起来。

“别哭，儿子！这个笑话真的很有趣。”朝歌蹭蹭乐乐，“你知道吗，今天是我和你妈妈一起成为守护犬的纪念日。我也给你讲个故事怎么样?”

“好的，爸爸!”乐乐擦干了眼泪，望着爸爸深邃的眼睛。朝歌消瘦的脸上泛出温暖的笑意。

“很多年前，城里有个剧组来莫高窟拍电影。有一天，我在剧组看到了一只雪白的田园犬，她是被剧组收养的流浪犬。因为剧组要长期在野外拍摄，她的工作就是负责守夜和看管道具。在莫高窟的日子里，她每天在剧组看着那些道具和器材，哪儿也不能去。有一天，我对她说：‘我来替你看道具吧，你四处去走走看看。’她非常感激我。后来，每到剧组收工，我就偷偷带着她去看壁画和彩塑，看宕泉河的日出和日落。我还带着她爬上三危山，一起在胡杨树下看月亮，品尝美味的李广杏。到了剧组回城的时候，她就突然消失了。”

“消失了？她去哪儿了?”乐乐好奇地问道。

“一天晚上，她对我说，再也不想离开莫高窟，再也不想成为流浪犬，她希望成为和我一样的守护犬。其实，我也不想她走，于是我就把她给藏了起来。”朝歌得意地说道，“后来，全剧组一起找她也没有找到，两天后，他们放弃寻找，抛下她走了。乐乐着急地问："你到底把她藏哪儿了？"

"你猜！……我把她藏在了藏经洞里！我让她躲在了高僧洪辩的坐像背后。就这样，她从此留在了莫高窟。"说完，父子俩相视而笑。

这时，夜风中传来九层楼的铃铎声，如泣如诉。

乐乐沉默了一会儿，低着头轻轻地说："她就是妈妈，对吗？"

"是的，她就是妈妈……藏经洞里，藏着我们全家幸福的秘密。"乐乐一下子扑进爸爸的怀里，他感到自己被爸爸搂得紧紧的，紧紧的。

爸爸的笑容，瞬间被愁云给遮蔽了。看不见月光的晚上，月亮在厚重的乌云里叹息着。

北窟遇险记

一天清晨，悠悠突然来找乐乐。

悠悠难过地恳求乐乐 :“我把妈妈给我的项圈弄丢了。你们狗的鼻子比较灵，可以帮我找回来吗?”乐乐这才注意到悠悠脖子上漂亮的五色项圈不见了。

乐乐想到自己曾经的粗鲁，想到这段时间悠悠对自己的关心，心中充满了对这位小伙伴的感激，因此他很痛快地答应了悠悠的请求。

“项圈是什么时候不见的? 你去过哪里?”乐乐问道。

“今天早上，我去河边洗脸的时候发现项圈不见了。我可以肯定昨天项圈还在我的脖子上。昨晚我守夜时，发现靠近北区的洞子里有老鼠。我担心老鼠啃噬壁画，就去赶老鼠，或许就是那个时候丢的。”

“走，我们看看去！”乐乐的睡意一扫而空。

悠悠带着乐乐来到了丢失项圈的洞窟。这里靠近北区，每次巡逻到此，父母就不再让乐乐往前一步。

莫高窟南北两区之间有一条长长的隔离带。游客是不允许进入北边那片区域的，只有研究院的一些工作人员才能进去。乐乐陪着悠悠在洞子里找了一圈，并没有找到项圈。乐乐的嗅觉告诉他，悠悠曾经穿越隔离带，去过更北面的洞窟。

“悠悠，你是不是穿过了隔离带，到过北区？”

“是的，那几只大老鼠穿越了铁丝网，我也钻过铁丝网的洞，继续驱赶，直到鼠群逃远了才回来的。”悠悠回忆道。

“路上你有没有遇到什么奇怪的事？”

悠悠转动着漂亮的大眼睛说：“嗯！回来的路上，我听到了一些奇奇怪怪的声音，是从北区的洞子里面传来的。那是我从没听到过的一种声音，我起初以为是夜晚的风声，但我后来肯定那不是风声。我本来想过去查看一下，结果突然被一堆硬邦邦的东西给绊倒了。我往脚下一看，原来是一堆枯骨！我有些害怕，就赶忙往回跑。”

“我敢肯定就是在那儿丢的，走吧！我们瞧瞧去。”乐乐肯定地说。

在隔离带附近，乐乐向北区望了望。那里有两个特别大的黑洞子，从侧面看，黑洞洞地嵌在崖壁上，就像骷髅的两个深陷的眼窝。乐乐感到背脊上一阵凉意蔓延开来。

“说话不能不算数，既然答应了悠悠就要做到。何况项圈对她很重要，是她妈妈留下的纪念物。”乐乐对自己说。他决心和悠悠去北区一趟。

悠悠跟随着乐乐，钻过隔离带的铁丝围栏，进入了北区。

北区和南区一样，长长的崖壁上两百多个洞窟上下相接，左右毗邻，如同密密麻麻的蜂巢。但这里荒无人烟，杂草丛生，裸露的大小洞窟没有门。黑沉沉的洞口，犹如一张张饥饿的嘴巴。

乐乐嗅出悠悠的项圈就在不远处，他远远望见太阳下的一个光点。“在那儿！”乐乐指着发光的地方。悠悠顺着乐乐指的方向，看到了挂在一具枯骨上的项圈。悠悠和乐乐跑过去，乐乐咬住项圈，把项圈重新戴回悠悠的脖子上。

在往回走的途中，他们才注意到夜晚看不到的景象。荒草丛中，有不少动物和人的骨头。悠悠边走边问道："这里怎么到处都是枯骨？"

悠悠看到的是荒草丛中的一堆堆枯骨，而乐乐看到的远远不止这些。他看到的是成群的野狗和鬣狗在啃噬动物的尸体。眼前的景象告诉他，这里是一个"死亡之地"，难怪父母不允许他和哥哥姐姐进入。

"这些枯骨，应该就是很久以前的僧人或者旅行者留下的吧。爸爸告诉过我，北区是过去莫高窟的僧人修行和生活的地方。有的僧人去世后，他们修行的洞窟就成了埋葬他们的地方。别管这些了，我们快回去吧！"乐乐答道。

突然，乐乐和悠悠听到一阵奇怪的声音从不远处的洞窟里传来。空气中弥散着此起彼伏的窸窣声，好像有成千上万张嘴在咀嚼，其间还夹杂着痛苦的呻吟。

悠悠站定："你听……我昨晚听到的，就是这种声音。"

乐乐停下脚步，竖起耳朵。正在这时，他胸前的铃铛震动起来。乐乐心中一惊，知道自己闯入了危险之地，当务之急是马上撤离。然而好奇心还是驱使他想要进洞去瞧瞧里面传来的究竟是什么声音。

乐乐和悠悠穿过荒草丛，进入了一个圆形的洞窟。

一阵呛人的腐臭味扑面而来，乐乐和悠悠顿时感到一阵恶心。四下一片黑暗，洞窟里面空空荡荡，四壁黑乎乎的，悠悠捂着鼻子说:“没有壁画，也没有彩塑，这里什么也没有。”

然而此刻，乐乐眼前呈现的却是悠悠无法看见的另一幅景象：洞窟四壁层层叠叠地爬满了从未见过的蠕动的异形怪物。它们有着尖利的牙齿，浑身披着黑色的鳞片，长着三对足，足上的吸盘牢牢地吸附在墙壁上，扭动的身体里发出饥饿的呻吟。怪物们争先恐后地啃噬墙上的壁画，它们中的一小群正在争夺一小块带有颜色的灰泥。

“天哪！它们在吃壁画！”乐乐惊呼。

“你说什么，谁在吃壁画？哪里有壁画？”悠悠看着乐乐不解地问。

“这些墙上原本都是有壁画的，被怪物一点点吃掉了！”

“墙上有壁画？”悠悠把眼睛凑近墙壁，没有发现任何壁画的痕迹，她不由自主地伸出爪子，想去触碰墙皮。乐乐拦住她大声喝道：“别碰那堵墙！”

乐乐胸前的铃铛摇动得越来越剧烈了。

“我们快走！”乐乐催促着悠悠往洞外跑。

他们刚跑出洞口，就看见对面站着三只巨型鬣狗，为首的正是沙施。

鬣狗火红的眼里好像要喷出火焰来。他们血脉偾张，鲜红的舌头从咧开的大嘴里垂下，呼哧呼哧的喘息声令人不寒而栗。

父亲的离去

乐乐和悠悠拼命往莫高窟南区方向跑。

眼看三只鬣狗就快追上来了，悠悠迅速爬上一棵老胡杨树。乐乐不擅长爬树，只爬了一米多高就重重地摔在了地上。悠悠俯身想拉乐乐上树，可是已经来不及了，乐乐被鬣狗包围了。

千钧一发之际，胡杨树突然摇动了几下，从根部爆发出惊人的吼声，乐乐简直不敢相信这是胡杨树发出的声音！紧接着，胡杨树挥动空中的枝条，朝着鬣狗沙艴抽打过去。

被抽中的沙艴在地上打了几个滚，嗷嗷地叫着。

趁着这个间隙，悠悠将乐乐拉上了高处的树枝。为首的鬣狗沙艴恼羞成怒，他用利爪狠狠地抓挠胡杨树斑驳的树干，老胡杨树的树皮被撕开了几道口子。

沙艴沿着老胡杨树的树干往上爬，慢慢地逼近了乐乐和悠悠。

这时，朝歌突然出现。他凌空跃起，用身体直接撞飞了沙艴，然后稳稳地站立在树下，逼视眼前的三只鬣狗。

乐乐大声地喊："爸爸！留心左边！"

朝歌的出现威慑了鬣狗，他们一边狂吠一边退到了百米之外。朝歌对着树枝上惊魂未定的乐乐和悠悠大声喊道："别愣着了，快走！"

"我们又见面了，朝歌！上一回你让我功亏一篑，这一次你就没那么幸运了！"沙艴转着圈恶狠狠地对朝歌吼道。

朝歌认出眼前的鬣狗就是乐乐出生那天发起突袭的沙艴。朝歌知道，沙艴受祸斗的指使，企图杀死莫高窟的守护犬。妙羽的失踪一定和祸斗有关系，他或许就在不远处！

朝歌嗅出了空气中异样的气味，复仇的烈火在心中蔓延开来。

"我妻子现在在哪里？你们把她带到哪里去了？"朝歌大

声质问。

沙艴盯着朝歌，阴阳怪气地说："这个嘛，我还不能告诉你。除非……"

"除非什么？"

"除非用你的儿子来换回你的妻子，你舍得吗？我们做个交易吧，你把你的儿子交给我，你的妻子就能回家了。"沙艴不怀好意地望着朝歌。

朝歌证实了自己的判断，妙羽被祸斗绑架了。怒不可遏的朝歌如困兽一般，全身的毛都竖了起来，他感到自己的脚好像不是踩在沙地和荒草里，而是踩在了烈火上。天地都好像不存在了，周围的一切都好像不存在了，只有胸中熊熊燃烧的那一团火，要把自己和那个罪恶的世界一起烧成灰烬。

这时，风中好似传来妙羽的声音："朝歌，我们的孩子还小，快回去！现在还不是复仇的时候……"朝歌仔细辨认着风声，想要寻找妙羽的方向，却只听到九层楼上叮叮当当的铃声。

就在朝歌和三只鬣狗对峙的时刻，乐乐和悠悠顺利穿越了隔离带，抵达了南区。正当朝歌准备撤退的时候，突然乌云密布，地动山摇，朝歌和鬣狗周围瞬间耸立起通天的烟墙。

围成桶状的烟墙隔绝了阳光，北区如同坠入地底的坟墓。朝歌以为可以轻而易举地穿越如烟的墙壁，却发现烟墙竟如铜墙铁壁一般。更可怕的是，触及烟墙的脚趾瞬间化为了青烟。他的耳边传来犹如地狱之魔的声音："我痛恨所有的守护犬！"

朝歌看到祸斗立于烟墙之上。祸斗的周身弥漫着黑色的雾霭，雾霭中毕毕剥剥地闪动着火星子。他黑色的身体和黑雾融为一体，只有眼中放射出的蓝光，如刀锋一样寒冷和尖锐。

只听沙艴仰天发出一声尖厉的嚎叫，在三只鬣狗的周围，瞬间聚集起体型各异的獒犬和野狗。乐乐立刻辨认出来，这群乌合之众正是在崖顶上时不时出现的"黑影"。原来他们一直在等待时机。

朝歌来不及退回安全领地，就淹没在了"黑影"之中。

站在南区崖顶上的乐乐，俯瞰着这场惨烈的鏖战。穷凶极恶的獒犬和野狗发起了一次又一次疯狂的进攻。孤军奋战的朝歌，没有一丝畏惧，直到鲜血浸湿了他的全身……

乐乐渐渐听不见爸爸的声音了。

乐乐着急万分，想要冲下去救爸爸，被悠悠奋力拦住了："乐乐，你不能去，你下去就是送死！"不管乐乐怎样挣扎，悠悠就是死死抱住乐乐。乐乐一边想要去救爸爸，一边想象着自己被恶犬撕碎的场面，他感到害怕极了！无能为力的乐乐无法面对眼前这场残酷的厮杀，只能仰面大哭起来。

就在一筹莫展之际，乐乐突然回想起禹光对他说过的话："你遇到任何困难，只要摇动这枚铃铛，我就会来帮助你。"

乐乐用前爪拨动胸前的铃铛，拼命地摇晃起来。

禹光出现在空中，浑身上下发出金光。金光蔓延开去，笼罩了烟墙，黑烟好像被吸进了地下。沙艴和其他喽啰被金光照得睁不开眼睛，陷入了一阵慌乱。

在光明与黑暗之间，时间好像停止了。

禹光对祸斗说："祸斗，你这个犬族的败类！居然与自己的同类为敌，还要祸害自己的文明。”

“我和你早就不是同类了。”祸斗轻蔑地说，“其实我们没什么区别，只不过为着不同的目的而活。对我来说，所有的守护犬都不是同类。我痛恨所有的守护犬！”

“你和我们守护犬当然有区别，守护犬是为了守护的使命而活，而你无论做什么，只是为你自己的欲望！作为犬族的一员，即便不能随军征战，照样可以看家护院。而你，因为没有被选为守护犬，没有达成自己的诉求，就自甘堕落，出卖良心，助纣为虐！祸斗，你伤害了多少有灵性的犬族成员？我劝你尽早迷途知返！”

禹光严厉的斥责声中透着悲悯。

突然，车灯的光照破了昏暗的雾霾，一辆卡车拐了个弯向北区这边驶来。几声喇叭声后，祸斗消失，鬣狗群四散而去。

在宕泉河畔

突然出现的卡车，停在了公路边的戈壁上，车灯照射着四周的荒野。

车门打开了，下来的是考古学家老彭。作为考古学家，他正计划对北区进行发掘，今天带着助手蓝天从城里回来，恰好路过北区。

荒草丛中，朝歌倒在血泊中。

乐乐和悠悠奔上前，围着朝歌，悲伤地呜咽着。

“这不是朝歌吗？它好像受伤了。”老彭俯下身去抚摸着朝歌。

看着浑身流血的朝歌，蓝天说：“天哪，这里刚刚发生了什么？”

“可能是遇上野狗袭击了。赶紧抱它上车，送医院！”

朝歌被搬动的时候苏醒过来，他的嘴角流着血。“乐乐，乐乐！”他轻声呼唤着。朝歌看见乐乐在哭，他感到嘴里充满了血腥味，额头有热热的血淌下来。他被包裹在一块毯子里，有一种躺在水面上的感觉，周围的一切都显得那么轻。他感到了死亡的气息……

莫高窟的守护犬朝歌死了！

研究院的工作人员都非常难过。老彭和研究院的同事们把朝歌安葬在宕泉河畔，不为人注意的小坟头上压着一块黑色的石头。周围还有一些高高低低的墓碑，那是第一代莫高窟人的墓地，常书鸿先生的墓碑也竖立在那里。

乐乐看着隆起的土堆，他不相信爸爸就这样离去了。蓝天黄沙，莫高窟好像没有任何改变，还和爸爸活着的时候一样。风还是那样地吹，阳光还是那样明媚，宕泉河的水还是那样平静地流淌。

乐乐好像听到爸爸在叫他的名字。他用前爪拼命地刨土，一阵阵沙土飞扬起来，迷了他的眼睛。可他还是不顾一切地刨着沙土，他想再看一看地下的父亲。

一双手捉住了他，那是蓝天。乐乐难过极了，他的眼前又浮现出春日沐浴时一家人其乐融融的情景，眼泪止不住地往下流。

蓝天抱起乐乐，掏出手帕为乐乐擦去眼泪。她温柔地亲亲乐乐 :“乐乐，走，回家吧！”

空荡荡的家

因为朝歌遭到袭击，窟区加强了警戒。

父亲的死，令乐乐深感内疚。他甚至有些恨自己，觉得正是因为自己贸然闯入了北区禁地，才会导致悲剧的发生。

乐乐望着空荡荡的屋子里空荡荡的草堆，那是朝歌和妙羽的床。他还能依稀从空气中嗅出爸爸妈妈留下的气味，也能依稀从空气中嗅出哥哥姐姐的气味。可是，所有的亲人都走了，现在只剩下他一个了。

以前心情不好的时候，乐乐就睡觉，睡一觉就什么都忘了。他心想，或许睡一觉就好了，心就不会这么痛了。可无论他怎么努力，就是翻来覆去睡不着。北区发生的最凄惨的那一幕反复浮现在眼前，挥之不去。他只要一闭上眼睛，脑海中就出现父亲躺在血泊里的身影，就出现母亲凝视自己的眼神。

乐乐趴在草堆里，感到身体重得像一座山。

蓝天每天都会给乐乐送来食物和水，可是他一点儿胃口也没有。悠悠在巡视完莫高窟之后也会来看望乐乐。悠悠感到很内疚，如果不是为自己寻找丢失的项圈，乐乐就不会私闯禁地，朝歌也就不会死了。悠悠希望乐乐能够原谅自己，但是乐乐从早到晚一句话也不说。有时候，她会带上美味的小肉饼给乐乐，但多数时候，她只是陪着他静静地坐到天亮。

很多个夜晚，乐乐和悠悠什么话也不说，只是看着天上的月亮。

虚弱苍白的下弦月，一半散发出淡淡的光晕，一半沉浸在浓重的阴影里，在深幽的天空中摇摇欲坠，好似夜晚的一个忧伤表情。

妈妈回来了

乐乐不再每天去巡逻，因为现在再没有谁把他从床上叫起来了。他想睡到什么时候就可以睡到什么时候。尽情地睡觉，想睡多久睡多久，这不就是从前他希望的吗？可是现在他多么希望爸爸妈妈还能再一次叫醒自己。

炎热的夏季即将过去，白杨树的叶子慢慢变黄，那是秋天的表情。绝大多数的鸟类已经陆续迁徙到温暖的地方去了。葡萄架正在日渐凋敝和荒疏，空气中弥漫着淡淡的枯草的香气。苹果树、柿子树、杏树已经贡献出所能贡献的一切，它们要休息了。日渐凛冽的寒风鼓动树叶的声音，听起来好像散了架的胡琴。天越来越冷了，妈妈在哪儿呢？她什么时候能回来？乐乐每天都这么想，边想边等，边等边想。

蓝天缝制了一件羽绒外套给乐乐。乐乐把头放在蓝天的手心，让蓝天抚摸自己，就好像是妈妈的抚摸。

还没有到冬天，莫高窟就下起了雪。晶莹的雪花从天空飘下，落在乐乐的鼻子上，很快就融化了。

这是乐乐第一次看见下雪，白雪让他更想妈妈了。

“妈妈。”乐乐仰望灰蒙蒙的天空，喃喃自语地叫了一声。他仿佛看到风雪中，妈妈正在向自己慢慢走来。

蓝天突然惊叫了一声：“妙羽！”

乐乐惊异地看着蓝天。蓝天大声喊：“乐乐，快看！真的是妈妈，你妈妈回来了！”

乐乐这才意识到真的是妈妈，真的是妈妈回来了！

他飞快地向妈妈跑去，用身体贴紧妈妈，想要和妈妈碰碰鼻子，亲亲妈妈的脸颊。他想要使劲在妈妈怀里蹭蹭自己的脑袋，想要告诉妈妈自己多想她，想要告诉妈妈自己今后一定不再淘气闯祸了。可重逢的喜悦，在看清妈妈的瞬间烟消云散了。

妙羽断了一条腿，跑起来一瘸一拐，身上还有大大小小、深深浅浅的伤口，浑身的毛沾满了脏兮兮的血污和泥巴。

妙羽低头碰了碰乐乐的鼻子，温柔地舔舐着他的脑袋："乐乐，我终于见到你了。"妈妈的嗓音是微弱和嘶哑的，乐乐有些不知所措，他不敢去蹭蹭妈妈，也不敢亲亲妈妈，生怕一不小心碰到妈妈的伤口。他只能看着妈妈一遍遍地喊："妈妈，妈妈……"

蓝天断定妙羽一定是九死一生地从狗贩子手里逃出来的，她全身上下的伤就是受尽折磨的证明。蓝天给医务室打了电话，报告了妙羽回家的消息。她蹲下身心疼地摸了摸妙羽的头，"妙羽，你伤得太重了，我们去找院医看看好不好?"

妙羽摇了摇头，她望向了胡杨树的方向。

九层楼的铃铎声在风雪中回响，听到这熟悉的声音，妙羽的眼中涌出了热泪。乐乐这才发现，妈妈的眼皮上有一道长长的伤口，一只眼睛没有了光，再也看不见了。乐乐知道，妈妈一定是在找爸爸，可是妈妈找不到爸爸了，妈妈再也看不见爸爸了。

永别了，妈妈

宕泉河畔的哀鸣声回荡在莫高窟，那是妙羽在哭她的朝歌。

救护车来了，妙羽要被送去山下的医院。乐乐跳上救护车，他再也不想和妈妈分开了。在守护妈妈的时候，他看到了令他心碎的一幕。妈妈的四只爪子血肉模糊，四条腿上布满伤口。她一定是走了很远很远的路才回来的，她一定是听着铃铎声找到回家的方向的。

乐乐轻轻地舔着妈妈爪子上的伤口，亲昵地碰了碰妈妈的鼻子。

妙羽已经虚弱得说不出话了，但她依然努力睁开眼睛看着乐乐，看着车窗外绵延起伏的鸣沙山。

“听……是九层楼的铃铎声。孩子，无论在哪儿，无论多远……都要记得这是家的声音……是莫高窟的声音……”

雪已经停了，太阳升起来了，晴空朗朗，暖融融的阳光照耀在戈壁的茫茫雪原上。虚弱的妙羽好像看到朝歌奔跑在雪原上，就像她最后一次看见他奔跑的样子。

“朝歌……”

妙羽缓缓闭上了眼睛，那么宁静，那么安详。

乐乐怔了片刻。他呜咽着拼命舔妈妈的鼻子，舔妈妈的眼睛，在她的耳朵边一遍遍地呼唤……他咬着毯子想给妈妈盖得更严实一些，想要为她留住最后一点体温。可妈妈的身体还是越来越冰，越来越冷。

乐乐舔着妈妈的脸，也舔到了自己咸咸的泪。

四周一片寂静，乐乐绝望地意识到，妈妈走了。他紧紧地依偎在妈妈的身边，犹如停在山巅的太阳，依偎着无动于衷的雪峰。

救护车停在了路边，时间好像也停止了。

乐乐开凿“第一窟”

宕泉河边，朝歌的墓旁多了一座小坟头，上面压着一块白色的石头。远远地，可以望见一黑一白两块石头。

这天夜里，乐乐就守候在宕泉河畔。他凝神望着四周，熟悉的环境好像一下子变得陌生起来。他第一次离宕泉河边的墓园这么近，莫高窟人的墓碑静默地躺在雪夜下的沙丘上。他们曾经是莫高窟的守护者，如今永远地长眠在此，依然面朝着莫高窟的方向。乐乐心想，他们的亲人是否也在世界上的某一个地方想念着他们？他们是不是还能够听见亲人的呼唤？

正在这时，一阵流星雨出现在深邃的夜空。

漆黑的四野一时间明亮起来，乐乐惊愕地望着满天的流星雨。“这是天空的眼泪吗？还是天女在散花？”他多想把睡着的爸爸妈妈叫醒，一起来欣赏这绝美的天象。这天晚上他好像明白了，一切事物都会在完成自己的使命之后消失。人是这样，星星也是这样，宇宙间的万事万物都是这样。谁也不知道星星为什么会发光，又为什么会坠落，为什么幸福之后紧跟着悲伤。到了明年春天，这漫山遍野的骆驼草还会吐出新芽，野马和黄羊还会成群结队地归来，胡杨树还会披上盛装，太阳还会一如既往地炙烤着戈壁滩，还会有沙尘暴光顾此地，宕泉河的水依旧会漫过两岸，而自己也总会慢慢地长大。

乐乐感到刺骨的冷，他的爪子都冻僵了。如果在两座小坟旁边的土丘上刨出一个洞来，就可以躲到洞子里去，也可以一直守着爸爸和妈妈了。这样一想，乐乐好像感到了些暖意，他心无旁骛地刨起土来。为了在冻土上刨出一个洞，乐乐辛苦了整整一夜。

第二天日出时分，洞窟挖成了。乐乐感到疲劳极了，他钻进洞里，很快就睡着了，睡得很香，很香。

在乐乐的意识中，自己开凿的“第一窟”就好像是一个新家。从此以后，他要把家搬到宕泉河畔，永远守着地下的父亲母亲。以前乐乐不明白为什么有那么多人在莫高窟开窟造像，现在他好像突然明白了：他们或许和自己一样，为了守护，为了怀念，为了家园，总之是为了不愿舍弃的眷恋。

乐乐一直窝在自己的“窟”里。

悠悠送来的肉骨头、蓝天带来的罐头和肉肠放在洞外已经三天了，他没有丝毫食欲。乐乐觉得自己的心好像被一只无形的大手攥着，他感到有一种力量悄无声息地拖着他，不知要往什么地方去。他一想到爸爸和妈妈就觉得心又疼又酸，心里空落落的，仿佛生命中有一部分永远地失去了。

乐乐总是会想到爸爸和妈妈，听到九层楼的铃铎声会想，看着巡逻的路会想，闻到熟悉的食物味道会想……莫高窟的每个角落都有着难忘的回忆，每当看见熟悉的风景，他就会觉得难过。乐乐想起了那一天和妈妈站在莫高窟的崖顶上，面对巨大的沙山；想起了和哥哥姐姐在南大像的大足上休息；

想起了和爸爸妈妈去九层楼巡逻的日日夜夜；想起了全家在宕泉河中无忧无虑地戏水的情形；想起了莫高窟八月十五月圆之夜；想起了第156窟那位名叫禹光的祖先……他在恍惚中感觉莫高窟似乎摇晃了起来，随着自己飘忽的心一起飞向遥远的天际……

“我为什么不去问问老祖呢？他好像什么都知道。”乐乐想到禹光的时候，觉得心中流淌出一丝暖意和希望。他萌生了去第156窟找禹光的冲动，但又觉得自己闯下了大祸，羞于面对这位老祖。

现在，乐乐对于成为真正的守护犬，感到心灰意冷。

悠悠的“反弹琵琶”绝技

守护猫悠悠近些日子也是闷闷不乐，她不知道怎样才能让乐乐开心起来。

这一天，她在巡查窟区的时候，偶然间路过第112窟，那里有最著名的壁画《反弹琵琶》。舞女表演的是唐代的乐舞，她舞姿轻盈，体态柔美，项饰、臂钏在飞动中叮当作响；围绕着她的是一支乐队，演奏着羯鼓、海螺、胡笛、箜篌、琵琶等乐器。

突然，悠悠的头脑中冒出一个想法：或许音乐能使乐乐开心起来。

悠悠找来了小胡羊憨憨、石鸡莫莫、兔子小白和鸽子闪闪，准备组建一个乐队。她的想法得到了小伙伴们的支持，大家都希望可以帮助乐乐开心起来。悠悠是波斯猫的后代，基因里本来就有着歌舞的天赋。她很快教会了小胡羊打鼓，教会了石鸡用尖喙拨琴，教会了兔子吹横笛，教会了鸽子弹琵琶。她自己呢，则每天苦练反弹琵琶的舞蹈。

演奏的乐器是从哪儿来的呢？原来，莫高窟有着很多动物知道而人类不知道的秘密洞窟，那里藏着许多古代的乐器。

一个星期之后，悠悠带着她的乐队来到了宕泉河畔。

他们在乐乐的洞窟外搭起了表演的舞台，远处的三危山就是演出的背景，头顶的星空是舞台灯光。悠悠踩着舞蹈的节奏缓缓登场，她的手臂上多了两条随风舞动的飘带。她雍容洒脱、落落大方，一举足一顿地，一个出胯旋身，凌空跃起，使出了“反弹琵琶”的绝技。

乐乐看得出神。悠悠和小伙伴们让第112窟的壁画活了！

“谢谢，你们演得真好！”乐乐由衷地赞叹这场精彩的演出。

得到表扬的小伙伴们也兴高采烈地鼓起掌来，掌声回荡在宕泉河畔，驱散了沉闷压抑的空气。他们为悠悠鼓掌，也为自己鼓掌。但这不是最重要的，最重要的是大家希望乐乐能够开心，能够像从前那样无忧无虑。

再见了，莫高窟

乐乐并没有像大家期望的那样恢复往日的快乐和活泼，他沉浸在深深的自责和内疚中难以自拔。

蓝天和研究院的同事商量后，决定把乐乐送到城里去。或许离开一段时间，可以让他忘记在莫高窟经历的那些可怕的事情。

一天傍晚，下班后的蓝天来到了乐乐的“窟”前。

“乐乐，我要回城了，你愿不愿意和我一起回城里？”蓝天试探着问乐乐。

乐乐不语，蓝天继续说：“你这样可不行，大家都很为你担心呢。过些日子就进入三九天了，夜里的气温在零下二十多度，我们不能再住在洞子里了，好吗？”

乐乐走出洞子，舔了舔蓝天的手心，把脑袋放在了蓝天的手掌心里。

蓝天抱起瘦弱的乐乐，乐乐对着坟头叫了两声。

“我明白了，你是舍不得爸爸妈妈，是吗？”蓝天说，“我们不如把这两块小石头带上，带着爸爸妈妈一起进城去，好吗？”说着，蓝天把一黑一白两块石头放在乐乐贴身的羽绒衣口袋里。乐乐用脑袋蹭着蓝天的脸，感激地望着她，蓝天知道乐乐同意了。

蓝天抱着乐乐出大门的时候，乐乐远远望见了悠悠和她的小伙伴们，小胡羊憨憨、石鸡莫莫、兔子小白和鸽子闪闪。乐乐知道小伙伴们很担心自己，这几天他们轮班来洞口守着。他们每个人都很想和乐乐说话，但又好像不知道说什么。乐乐主动和小伙伴们打了个招呼，他在心里默默地说着“再见了，亲爱的朋友”，然后沿着往日巡逻的小路继续往前走。

一路上，乐乐遇到了研究院很多熟悉的面孔，他们都知道朝歌和妙羽的事情，每个人看着乐乐的目光都充满了温柔和同情。经过九层楼的时候，乐乐看到了一个熟悉的身影，那是樊奶奶，她的背影瘦小而孤独。乐乐知道樊奶奶是莫高窟最受大家尊敬的老人，这时候遇见樊奶奶令他有些惊讶，乐乐想："我要走了，难道樊奶奶是来送我的吗？"

樊奶奶在一张长椅上坐下，把拐杖放在一边。她把乐乐抱起来放到腿上，慈祥地说："我知道你很难过，其实我也很难过。你没有了爸爸妈妈，我也早就没有了爸爸妈妈。同是天涯沦落人，相逢何必曾相识！我今年八十多了，可我还在想我的爸爸妈妈。想归想，日子不能不过，事情不能不做呀。你说对吗？"

乐乐看到樊奶奶的眼睛里有亮亮的光点，光点中有自己的影子。

樊奶奶抚摸着乐乐的背，轻轻地说："无论怎么伤心，已经死去的人和狗，到了另外的一个世界，再也回不来了，但是我们可以让他们永远和我们在一起。怎么做到呢？那就是心里想着他们，让他们的精神和品格体现在我们自己的行为中，这样他们就永远也不会离去，永远和我们在一起。小家伙，你要坚强啊，要像你的爸爸妈妈一样。"

乐乐蹭了蹭樊奶奶的手，在心里说："再见了，樊奶奶！"樊奶奶好像听懂了乐乐的心声，她摸了摸乐乐的头，"乐乐，莫高窟永远是你的家。你要早点回来！"

蓝天把车窗摇下来，这样可以让乐乐再看看莫高窟。

透过车窗，乐乐看到山崖上的佛像、天王、力士、神仙凝视着自己，他也听见了洞子里传来轻声的议论和叹息。这时，两个可爱的小飞天飞了下来，停在他的面前，目送他的车出了莫高窟。

"再见了，小飞天！再见了，莫高窟！"乐乐在心里说。

城市的生活

看惯了莫高窟的蓝天和戈壁中的沙山，乐乐的眼睛不太适应城市。

红绿灯、宣传画、广告牌和霓虹灯，商店里的水果和鲜花，琳琅满目的商品，往来路人的服饰……到处是应接不暇的色彩。

同样是冬天，城里的冬天似乎没有冬天的味道。

看不到一望无际的雪原，找不到一个安静的地方。乐乐心想，怎么到处都是人，近处是人，远处还是人。无论在哪里，那些等地铁、喝咖啡、行色匆匆的人都有一个相同的动作，那就是低头看手机。城市的道路两旁，虽然也有高大的树，却没有一只鸟，倒是挂着许多红色的灯笼。乐乐不知道那些高楼是怎么盖起来的，它们像高高低低的盒子一样整齐地排列着。偶尔才会有一阵风从高楼的缝隙中漏出，懒洋洋地吹着。最让他感到窒息的是汽车，停在街道上的汽车前面望不到头，后面也望不到尾，这些汽车的尾气严重地干扰了他的嗅觉。

城市中央有一个广场，很多人在那里跳舞。广场旁边有一个巨大的广告牌，上面是敦煌的壁画，画的是第45窟的“最美菩萨”。他们笑盈盈的样子，让乐乐感到熟悉和亲切。令他奇怪的是，这些菩萨是不会动的。为了验证自己的能力，乐乐故意朝他们叫了两声，可他们默不作声，依然故我，一副无动于衷的样子。

在进楼的小花园里，乐乐遇到了几只狗。有马尔济斯犬、泰迪、博美、雪纳瑞、短腿的柯基和圣伯纳犬，他们的脖子上拴着绳链，有的还戴着嘴套。有名戴墨镜的女士见了乐乐就尖叫起来：“为什么不给狗拴狗链？”乐乐被她的尖叫声吓了一大跳，于是毫不客气地对着她叫了两声，对方显然受了更大的惊吓，她的尖叫声简直要把乐乐的耳膜给震碎了。

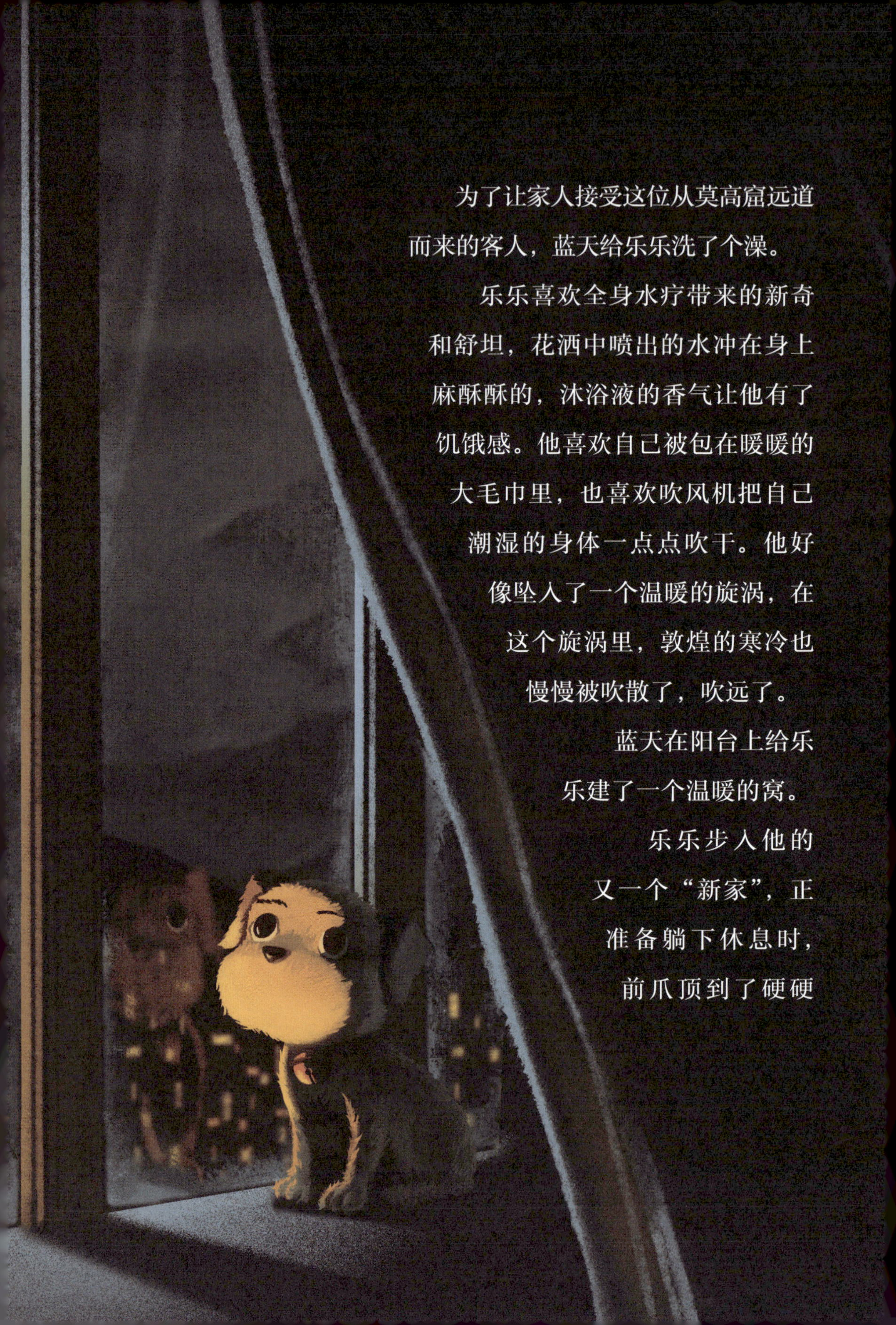

为了让家人接受这位从莫高窟远道而来的客人，蓝天给乐乐洗了个澡。

乐乐喜欢全身水疗带来的新奇和舒坦，花洒中喷出的水冲在身上麻酥酥的，沐浴液的香气让他有了饥饿感。他喜欢自己被包在暖暖的大毛巾里，也喜欢吹风机把自己潮湿的身体一点点吹干。他好像坠入了一个温暖的旋涡，在这个旋涡里，敦煌的寒冷也慢慢被吹散了，吹远了。

蓝天在阳台上给乐乐建了一个温暖的窝。

乐乐步入他的又一个“新家”，正准备躺下休息时，前爪顶到了硬硬的东西。他低头一看，原来是一黑一白两块石头。

城市的夜晚看不见星星，天空一片昏朦。霓虹灯和每个窗户里的灯光占领了视觉，就连月亮的光辉好像也并不坦诚，有时候躲在残云里，有时候挤在高楼的缝隙中。

乐乐习惯了在寂静的夜晚睡去，可现在太吵了，夜晚和白天一样吵。

他能清晰地听到隔壁电视里的声音，也能听到对面房子传来钢琴声，隔壁有人在打麻将，楼下有个女人在大声地吵骂，楼上还有一个哭闹的婴儿。午夜时分，乐乐还是睡不着。马路上汽车轮胎摩擦地面的声音此起彼伏，电梯来来回回，上上下下，就好像有人整夜整夜地在磨牙。

迷上了网络视频

几天后，蓝天要回莫高窟工作，她把乐乐交给了弟弟蓝星照看。

乐乐困在高楼里，活动范围从方圆几公里一下子缩小到了方寸之地。阳台上的花草是他从前没有见过的。蓝星给花草浇水的时候，他认识了不少植物，山茶花、蟹爪兰和月季花，这些植物没有水很快就会死掉，不像沙漠里的梭梭树、沙拐枣和骆驼草那样顽强。

乐乐注意到对面阳台上挂了个鸟笼，笼子里的那只鸟见人就会说“你好！”“恭喜发财！”之类的喜庆话。它成天在笼子里蹦来蹦去，好像一点也不羡慕奔波的鸽子和鸫鸟。

乐乐时常盼望对面楼上的主人哪天忘记关上鸟笼子的

门。如果真是这样，那只可怜的鸟就可以获得自由了。但令他惊异的是，有一次鸟笼的门开着，可是鸟并没有飞出去，它在门口转了一圈又回去吃食了。乐乐急得还对着它吼了一阵子。

城市的屋顶高高低低。低洼处的房子通常比较破旧，楼顶还有瓦楞板搭盖的凉棚，凉棚的下面是菜市场。那里也有住人的棚户，早晨的时候总有些人在那里挤公共厕所。厕所是最让乐乐感到不自由的地方，他现在最难以习惯的就是不能像在莫高窟时那样随心所欲地释放自己。训练憋尿是乐乐成为城市犬族的第一课，他必须等到第二天一早蓝星带他下楼才能“方便”。

城市的高楼一栋比一栋神气，有的是白色的，有的是砖红色的，有的高楼外墙像镜子一样映出了天上的流云。有些视力不好的鸟以为幕墙上的云是真的，一不小心就撞了上去，于是从高空掉落到楼与楼之间的绿地和花园里，或者落到马路边、车顶上，最后都被清洁工扫进了簸箕。

高楼和矮楼的差别，在乐乐看来，就好像莫高窟的南区和北区的差别。最有意思的是，有时候会有另一种牵着线的“鸟”飞舞在高楼之间，有凤凰，有大雁，还有老鹰。乐乐后来才知道那是用纸扎的风筝。

蓝星是设计学院大二的学生，他大部分的时间都在设计和绘图。蓝星绘图的时候，为了让乐乐不至于太过寂寞，就把白纸铺在地上，颜料盘放在乐乐够得到的地方，这样乐乐就可以用他脚上的肉垫画画玩。乐乐用红颜色画出了“梅花”，用黄颜色画出了“秋叶”，用绿颜色画出了“三叶草”，用粉色画出了“莲花朵朵”。

可是乐乐最感兴趣的还是蓝星的电脑。

有好几次他看见蓝星用电脑看视频，他也跟着看，渐渐地看入了迷。在莫高窟的时候，虽然他可以看到别人看不到的活动的壁画，可是眼前这块屏幕里发生的一切，为他打开了新世界的大门。

看莫高窟的壁画让乐乐感到一种内在的兴奋，而看着蓝星看视频、打游戏是完全不一样的感觉，那种快感是源自身体里的一种无限涌动的好奇和激情。正是这种内在的好奇和激情，让他忘记了苦恼，忘记了孤独，让他欲罢不能。因此，每当蓝星关机时，他就感到一种莫名的失落。

于是，乐乐默默记住了蓝星开机的程序。

有一天上午，蓝星上学之后，他试着打开了电脑。乐乐根据记忆中的操作步骤点开了屏幕上的一个图案，界面显示需要输入登录名和密码。乐乐对莫高窟的洞窟编号尤其敏感，他只见过蓝星输入一次便记住了密码“285158”。因为在他的意识中，“285”就是明确有年代题记的西魏洞窟编号，“158”就是莫高窟中唐的“涅槃佛”所在洞窟的编号。

乐乐登录成功，这种快乐就好像跟随爸爸妈妈第一次登上三危山，在历尽攀登的艰辛之后，最终可以远望莫高窟，一直可以望见汉代的长城，这是一种无与伦比的快乐。而现在，当他学会开机并自由观看视频的时候，他全然忘记了自己是犬族的一员。他为视频里的那些故事而激动，他跟随自己喜欢的英雄去历险，身临其境地和他们一起冲锋陷阵，所向披靡，历经各种磨砺去赢得梦寐以求的成功。

夜晚的意义和白天是不一样的。对乐乐而言，长夜漫漫，而等待太阳升起的唯一理由便是可以使用电脑观看视频了。只要蓝星一出门，属于他的生活和时代就开启了。

乐乐陶醉于视频带来的体验，这种体验让他忘记了恐惧和怯懦，忘记了内疚和伤痕，忘记了那些痛苦的往事，忘记了日夜巡逻的劳作，忘记了莫高窟，也忘记了自己成为一只守护犬的使命。在虚拟的世界中，他不再感到生命的重负，也无需纠缠于很多不可解的问题。

不想再回莫高窟

听蓝星说乐乐的状况好多了，蓝天就想把乐乐带回莫高窟。

然而，每逢蓝天回家，乐乐就开始装病。他不吃也不喝，成天躺在他的安乐窝里，对蓝天也是不理不睬。因为他一心想留在城里，不想再回莫高窟去。他不愿意再想任何令他感到恐惧和绝望的事情，也不愿意回到那个危险的地方，更不愿意去碰触什么使命之类的话题。他亲眼见过如此强大的父亲战死，根本不相信自己可以战胜祸斗。

他习惯了城里简简单单的生活，喜欢没有人打扰，没有繁重的劳动，只是坐在那里看视频，视频是他的忘忧之水。

就这样半年过去了，乐乐成天沉迷于视频，他不能离开屏幕上的图景。虽然他的体形不知不觉长得更大了，但实际上因为缺乏有效的锻炼，他没有父亲朝歌和母亲妙羽的体魄和野外生存的能力。

冬去春来，转眼就入夏了。悠悠和小伙伴们每天都期盼着乐乐回家。每次看到蓝天一个人从城里回到莫高窟，悠悠就感到非常失望。有一天，她趁蓝天和蓝星用微信视频的时候，跳到了蓝天的腿上。她盯着蓝天的手机屏幕，希望可以看到乐乐。为了引起乐乐的注意,她故意大声对着手机屏“喵喵”地叫。她的呼唤果然有用，乐乐在蓝星的手机中听到了悠悠的声音。

乐乐出现在手机的屏幕上。悠悠注意到乐乐胖了，乐乐发现悠悠已经长成一只漂亮的“波斯公主”了。他有点不好意思地和她打招呼："悠悠，你好吗?"

悠悠的眼里闪着宝石一样的光，她兴奋得恨不得钻进手机里去："乐乐，太好啦！总算见到你了。你什么时候回来呀？我们都好想你啊！你知道吗？小胡羊憨憨的妈妈又生宝宝啦，石鸡莫莫下了五个蛋，兔子小白有了新家，鸽子闪闪前天结婚了，可惜你不在。”

“哦……”乐乐很想说些什么，但是又不知说什么，他觉得自己的生活没有什么可介绍的，总不能说自己看了哪些视频，悠悠又不懂。悠悠也感到乐乐好像没有什么话对自己说，乐乐不像从前那样活泼了，他们之间有些陌生。

不过，悠悠还是着急地对乐乐说：“乐乐，夏天快到了，你快回来吧。夏季是莫高窟旅游的高峰期，到时候山上缺少人手，你可一定要回来帮忙啊！”

乐乐没有丝毫表情，淡淡地说：“到时候再说吧。”

乐乐对悠悠让他回莫高窟的提议，感到有些厌烦，他借口有事就离开了。

飞天的花雨

和悠悠的视频让乐乐不安了好几天。

蓝星做的“乐乐在莫高窟”的动画短视频获得很多人的关注。乐乐看到自己的一些照片被莫高窟之前的游客上传到了网上，他一夜之间成了“网红”。粉丝们为他开了微博，还从各地给他寄来很多礼物。

夏去秋来，天气越来越冷了。乐乐感到自己离开莫高窟的时间越长，就越有一种不安的感觉将他往下拽。那种深埋的恐惧和内疚，好像并没有因为网络视频而治愈。观看视频只是一种暂时的遗忘和逃避，只要一离开视频，那种无意义的感觉就发作得更厉害。

蓝星的书桌上摆了很多图册，乐乐一个人在家感到无聊的时候也会翻翻。没想到一连几天，他翻到的都是关于敦煌的图片，图片上都是他熟悉的景象。

第一页的图片是莫高窟的全景，他一看便知摄影师是在三危山上拍摄的。几百个洞窟像蜂房一样错落地分布在崖面上，就好像成百上千双眼睛看着他。乐乐感到照片的色彩有些失真，他心想，敦煌的天可要比这图片上的好看多了，不到大漠是不会知道世上有这样幽蓝幽蓝的天空的。

第二页是破败不堪的莫高窟的旧影。那是莫高窟四百多年无人看管导致的凄惨情形：窟檐腐朽，窟门缺失，窟室坍塌，沙子侵入，河水倒灌，还有各种自然和人为破坏。这样的景象让乐乐感到很震惊，他没有想到过去的莫高窟是这样的。乐乐的脑海中迅速浮现出北区那些吃壁画的怪物，心里不免一紧。在这一页上，他看到了研究院的很多老人，也看到了年轻时候的樊奶奶。乐乐心想，樊奶奶越来越老了，可是莫高窟却越来越年轻了。

第三页是北凉三窟的照片，这些洞窟是莫高窟最古老的洞窟。乐乐在巡逻的途中经过了无数次，但从来也没有进去过。这些珍贵的洞窟是不能轻易进入的，因为同样的洞窟在世界上没有第二处。乐乐突然想念起自己在宕泉河边开挖的“第一窟”来，也想念起在遥远的宕泉河边的爸爸和妈妈。

乐乐心里一酸，眼睛有点湿润，他合上了画册。图册上的照片和画面让他有一种悬空感，灵魂好像悬浮在半空，犹如鸟儿一样，到了迁徙的季节，就会义无反顾、迫不及待地飞向该去的地方。

连着几天，乐乐做梦了，梦里还是莫高窟。

他梦见了第275窟那尊坐于双狮座上的交脚弥勒菩萨；梦见了北魏的《萨埵那太子舍身饲虎图》；梦见了唐代壁画金碧辉煌的色彩；梦见了第407窟的藻井图上三只旋转飞奔的兔子；梦见了第45窟精美绝伦的菩萨造像；梦见了第329窟佛龛内的“乘象入胎”和“夜半逾城”；梦见了第112窟的《反弹琵琶》，还有东王公、西王母、伏羲、女娲、风神、雷神、雨神……都来到了他的梦里。他梦见了美丽的壁画正在一点点从墙上剥落，梦见无数异形的怪物啃噬着壁画，面对此情此景，他放声大哭……

乐乐被噩梦惊醒了，他感到透不过气来。

他听到阳台外好像有什么动静，于是走到阳台上，看到了夜空中两个闪闪发光的小飞天，她们的身后是乘风飞舞的飘带。

在一片圣洁的光晕里，小飞天的周身飘落着阵阵花雨。

小飞天的手中托着一条飘带，她伸出双手招呼乐乐："乐乐，跟我们回去吧。只要你披上飘带，就可以和我们一起飞回莫高窟。"

乐乐看着小飞天摇摇头说："我不想回去。不！我不能回去。"

小飞天着急地问："这是为什么？莫高窟不好吗？"

乐乐的眼泪瞬间滚落下来，他依然沉浸在自责中无法自拔："我没有用，是我害死了爸爸和妈妈。如果我陪妈妈去巡逻，妈妈就不会被坏人偷走。如果我不去北区，爸爸也就不会死。这一切都是因我造成的，我永远也成不了守护犬！"

小飞天安慰道："乐乐，这不是你的错！这一切都是祸斗的阴谋。"

乐乐背对小飞天，“我怎么可能是他的对手？我怎么可能保护莫高窟？”

“他是犬族的叛徒，一个大坏蛋！他的目标就是要除掉你，你的爸爸妈妈都是因为要保护你才被祸斗杀害的。乐乐，你不能自暴自弃，你一定要振作起来！”

“不！不！这是我的错，爸爸和妈妈都是我害死的！你们走吧！不用安慰我，没有我，你们也可以保护莫高窟，为什么一定要来烦我！”乐乐大声喊着。

屋里的灯亮了，乐乐看到蓝星正朝阳台走来。

蓝星伸出食指抵在嘴唇上：“嘘！乐乐！现在已经12点了，你为什么还不睡？这是城里，不是莫高窟，要保持安静，否则要被邻居投诉的！”

乐乐担心蓝星看到小飞天，他回头望向空中，小飞天已经不知去向，只有一轮明月高悬在天际。

登录密码

城里的伙食比莫高窟好得多，吃饱可以忘记很多烦恼。

蓝星每次从超市回来都给乐乐带不同的肉肠和狗食。乐乐最喜欢蓝星买回来的一种肉肠，肉肠里裹着厚厚的油脂和肉粒，这种肉肠的味道会令他感到愉快和满足。那些被分解成小块的鸡肉、鱼肉和牛肉则让他感到有些恐怖。

有时候，乐乐也会好奇地钻进蓝星的购物口袋。他不知人类用什么魔法在冬天种出了葡萄和西瓜，这是莫高窟夏天才会有的水果；他不知人类怎么会发明出各种颜色的饮料，还有蒸煮烹炸的各色调料；他不知人类要挤多少牛奶才能做出那么多的奶油和奶酪；那些猪肉、鱼肉、鸡肉、鸭肉、兔肉、驴肉、牛肉……不同的部位有不同的颜色，这些深红、浅红、嫩红的肉来自不同的国家和不同的地区，散发着不同的气味。

他心想，在这世界上不知道还有什么是人不吃的，或许他们不吃的话，也就失去了很多乐趣吧。不管对于关在房子里的一个人还是一只狗来说，还有什么比吃更有乐趣呢？不过细心的乐乐发现，人们一边吃肉一边吃药，有的用于减肥，有的用于治病。

乐乐很想去超市看看，不过除了工作犬，一般的狗是不允许进入超市的，那里也是犬族的“禁区”。乐乐突然感到愤愤不平，狗无论多么忠实于人，毕竟还是被排斥在人类活动的核心区域之外。这样的核心区域当然还包括了商场、电影院和博物馆。

有时候他想，自己既然是动物，进入动物园应该没什么问题吧？但是蓝星斩钉截铁地告诉他“不行”。因此，即便到了动物园门口，他也要被托管到规定地点，和他不喜欢的那些抑郁、焦躁的城市狗待在一起。每当这时，他就有点想念莫高窟。莫高窟的每一只狗，都比城里的狗要自由得多。

就这样又过了一段时间，美味的肉肠好像也没那么香了。

有一次下楼散步的时候，花园里的雪纳瑞和柯基同乐乐打招呼。这两只狗都有些自命不凡。

“嗨，你是新来的？”

“嗨！你们好。”

“你从哪儿来呀？”

“莫高窟。”

“莫高窟？听说那里到处是戈壁沙漠？”

“差不多吧。”

“那有什么好玩的，不如和我们去游戏城玩玩？”

“游戏城？”

“就在停车场的地下。”

柯基和雪纳瑞邀请乐乐去的是一个“地下游戏城”，是专属于动物的秘密基地。乐乐感到自己和这两只狗有些格格不入，对“地下游戏城”也没有什么兴趣。

乐乐回到屋里，他的神经又被电脑撩动了。

他熟练地开机，输入“285158”登录，却发现无论怎么尝试都失败了。

原来，乐乐上网的事情被蓝星发现了。

当然，蓝星没有把一只狗上网看视频的事情公之于众，否则那一定可以上头条新闻。蓝星担心乐乐不小心删去电脑里的设计文件，便悄悄更换了密码。

乐乐无法通过“285158”登录，感到非常懊恼！

他度过了无所事事、心神不宁的一天。当夜幕降临，内心的恐惧和烦恼又悄然袭来。他辗转反侧，那种透不过气来的感觉又发作了。他突然想起雪纳瑞和柯基的邀请，想起了他们说的那个“地下游戏城”。

乐乐独自溜出门，进入电梯，按动“B2”，电梯停在了地下车库。

夜晚的车库有些荒寂，这种感觉似曾相识。莫高窟南区接近北区隔离地带的地方，就有这样一种荒寂感。乐乐围绕车库转了一圈，并没有找到通向游戏城的门，也没有看到任何有关游戏城的路标。

正当他准备返回的时候，对面闪出了两个身影。

黑暗游戏城

黑暗中的两个身影正是白天遇见的雪纳瑞和柯基。

“嗨，莫高窟犬。”

“嗨！”

“这么晚还不睡，有什么可以帮助你的吗？”

“呃，这里好像没有什么游戏城？”

雪纳瑞吹了一声口哨：“你想去游戏城，我可以带你去。不过你必须遵守游戏城的游戏规则。”

“什么游戏规则？”

“你要先成为游戏城的会员，才能被允许启动游戏。”

“成为游戏城的会员？”

“就是戴上这样的脚环。”

乐乐注意到雪纳瑞和柯基的脚踝上各套着一个微型的脚环。乐乐问："然后呢？"雪纳瑞的眼中闪过一丝狡黠，他拿腔拿调地说："然后嘛，你自然就建立了和游戏城的联系。有些重要的信息会随时向你发布。"乐乐觉得，不就是一个小小的脚环吗？比起内心对快乐的渴望，这算不了什么。于是他答应了。

雪纳瑞和柯基带着乐乐来到一辆废弃的汽车跟前。

乐乐跟着他们跳进了破旧不堪的车厢。汽车另一侧锈迹斑斑的门被推开，墙上露出了一个通向地下的电梯口，电梯的金属门上有一个发着幽光的标志。乐乐觉得这个标志很眼熟，但一时想不起来在哪里见过。

雪纳瑞将脸对准标志，门自动打开了。

就在乐乐步入电梯的一瞬间，他感到自己脖子上的铃铛猛烈地摇动了几下。或许是由于电梯也在剧烈摇晃，乐乐并没有意识到铃铛向他发出了危险的警告。

电梯下降一段时间后，戛然而止。

门开了，犬类异族的浓重气味扑面而来，迎面站着的是一只高大的比特犬，这只狗的样子让人想到亡命之徒。乐乐感到有些不妙。他身不由己地穿过一个甬道，各种沉浸在视频中的疯狂喊叫声从甬道的尽头如热浪一样扑面而来。

甬道的尽头就是“地下游戏城”的大厅。

由于电子产品更新换代太快，有的还没有用坏就被人类丢弃了，所以这种秘密的“地下游戏城”遍布城市的角落，里面堆着大量被重新启用的电子产品。

眼前的景象让乐乐愣在原地，不大的空间里至少有上百只狗，每只狗都对着一个电脑屏幕，沉迷于各自的视频。他们一边往嘴里送东西，一边盯着屏幕。他们好像是被固定在屏幕前的活体雕塑，处于迷狂的状态。他们中有的不自觉地大声喊叫，有的用脚垫不停击打地面，有的好像急红了眼睛，骂着不堪入耳的脏话……

比特犬把乐乐带到一台电脑前，乐乐看到屏幕上闪烁的光标和电梯门上的一样。他这下看得更清楚了，脑海里迅速浮现出莫高窟的监控录像中那辆逃跑的车，蒙面人的车门上就有这样一个标志——。乐乐脖子上的铃铛突然更加猛烈

地震动起来。

原来，周围的这些狗都是偷来的，这里是犬族的集中营。在黑暗世界里，坏人和恶犬居然联合起来一起迫害守护犬！为了让守护犬听话，就给他们戴上脚环，让他们沉迷于虚拟世界。这些被囚禁的犬族，嘴里咀嚼的是用黑暗魔法制成的垃圾食品，这种食物可以让人沉溺于最美好的幻觉，忘记自己的使命。

此时，电脑屏幕亮了起来，刺眼的光让乐乐有些睁不开眼睛，一个蒙面人出现在屏幕上。乐乐猜想，这个人就是偷走妈妈的那伙人的头目！蒙面人看着乐乐说："原来是只中华田园犬！你必须戴上脚环，才能开启属于你的世界。"比特犬从雪纳瑞和柯基打开的盒子里取出一个脚环，正要给乐乐套上，乐乐突然说："我想上厕所！"

比特犬停了下来，让雪纳瑞和柯基带着乐乐去找厕所。

一路上乐乐打定主意，绝不能戴上脚环，这个蒙面人是坏人，自己上当了，必须想办法离开这里。可是没有雪纳瑞和柯基刷脸，他上不了电梯，也回不了地面，这可怎么办呢？

警犬玄兔

乐乐躲在厕所里慌了神，他意识到这里离地面还有好几百米。

雪纳瑞和柯基一个劲儿地在外面催："能不能快点？"

乐乐："呃，再等等！"

乐乐四下环顾，一筹莫展。正急得六神无主的时候，他突然想到了胸前的铃铛。他想起自己离家的时候，没有去和禹光老祖告别，不知他是否还愿意帮助自己。他抖了抖全身，摇晃着铃铛，希望奇迹可以发生。

四周一片安静，没有任何动静。

正在他感到绝望的时候，黑暗中传来一个声音："跟我来！"乐乐定睛一看，一只健美的德国黑背站在门口。

乐乐发现那是一只母犬，他不好意思地问道：“你是谁？你是不是走错了？这里是男厕所，女厕所在对面。”

黑背的脸立刻红了，但马上定神说：“我叫玄兔，是来救你的。你没有戴上那个脚环是对的，否则你永远也别想出去了。”玄兔沉着而又严肃地说：“一旦你戴上那个脚环，就永远无法摆脱祸斗对你的控制，你会忘掉作为守护犬的使命，然后为虚拟世界的视频而拼尽全力。如果你后悔和反抗，那个脚环会直接刺激你的疼痛神经，让你生不如死。如果你还想活命的话，就跟我走吧。”

乐乐跟着英姿飒爽的玄兔走出厕所，发现雪纳瑞和柯基昏倒在门口。

“别管他们，我刚才给了他们一些‘好吃的狗粮’。”乐乐跟随玄兔向电梯的方向飞奔而去。玄兔把事先准备好的雪纳瑞头像放在标志前，电梯门打开了。乐乐和玄兔登上电梯，紧接着就是一阵急速的颠簸，链条和齿轮摩擦的声音震动着耳膜。

乐乐的心怦怦直跳，他仰起头，头顶的天光渐渐浮现。

B1

突然，一阵机器的轰鸣声隔空传来，他们在半空中遭遇了另一台正在下降的电梯。乐乐透过电梯的铁栅栏看见对面电梯里的一个个铁笼子，里面关押着伤痕累累的狗。这些狗显然是遭受了巨大的折磨，有的被打断了腿，有的被打瞎了眼睛，还有的已经死去。

乐乐瞬间感到毛骨悚然，他刚想要说话，就被玄兔捂住了嘴。

电梯在墙洞位置摇摇晃晃地停了下来。乐乐跟随玄兔穿过破旧的车厢，回到了地下停车场。借着停车场昏暗的光，乐乐看清了眼前的玄兔，这是一只漂亮的纯种黑背，她丰密乌亮的毛发泛着光，腿型强健修长，深邃的眼睛像杏仁一样。

玄兔说："你好，乐乐！"

乐乐感激地说："谢谢你！"

"不客气！"玄兔好像是一个久违的老朋友。

"你怎么会认识我，为什么要救我？"乐乐好奇地问道。

玄兔瞟了一眼乐乐说："我是只警犬，也是一只守护犬。这个'地下游戏城'，在人类看来只是一个狗贩子窝藏赃物和交易的地点，但其实这里是黑暗世界灭绝守护犬的地方。是禹光让我来救你的。”玄兔边走边说，“你刚才看到铁笼子里的那些狗了吗?”

“看到了，他们为什么要被关进笼子里?”乐乐问道。

“他们是人类的朋友，你今天看到的那些沉迷于视频的狗，原本都有各自的使命。作为犬族中的守护犬，他们的天职就是守护人类的文明，所以他们成了祸斗要毁灭的对象。被抓来这里的狗只有两种命运，一种是戴上脚环，听命于祸斗；一种是不愿意戴上脚环，因为反抗而遭到毒打。铁笼子里的那些狗就是受尽酷刑也不愿意戴上脚环的守护犬……”说到这里，玄兔眼睛里满含热泪。

“我有种感觉，我妈妈来过这里。”乐乐说。

“是的，你的妈妈妙羽被抓到地下游戏城之后，因为不愿意戴上脚环而被打断了腿。她挣扎了三天三夜，最后还被打瞎了一只眼睛。可即便这样，她也没有屈服。按照地下游戏城的规矩，身体残疾的狗都要被送去活埋。你的妈妈就是在被送去活埋的途中逃走的。我从来没有见过哪一只守护犬像你妈妈那样勇敢。一只真正的守护犬，宁可选择光荣地死，也不会选择屈辱地活！”

乐乐的眼前浮现出断腿的妙羽，精疲力竭的她长途跋涉，穿越河川谷地，挣扎于泥泞之间，一心奔向莫高窟的方向，她的鲜血滴落在沿途戈壁的沙砾中。乐乐好像听到母亲妙羽的声音：“宁可光荣地死，也不要屈辱地活！”

“妈妈！”乐乐仰天呼唤着母亲，泪如泉涌。

铁马风铃的召唤

乐乐好像听到了九层楼的铁马风铃在召唤自己。

西北的寒风吹干了乐乐的眼泪，乐乐望了望莫高窟的方向。这些天来，他总觉得有一种无形的力量日夜拽着自己，要把自己拉回莫高窟去。

他的眼前一遍又一遍浮现出母亲一瘸一拐地走向莫高窟的身影，耳边一遍又一遍地响起妈妈对他和哥哥姐姐们说的话：

“这是九层楼的铃铎声。你们要记住这个声音，无论在哪儿，无论多远，都要记得这是家的声音，是莫高窟的声音……作为守护犬的后代，我们的使命就是要守护好莫高窟，不是每条狗都能有这样的使命的。”

乐乐看着玄兔："玄兔，你愿意和我一起回莫高窟吗？"玄兔惊喜地说："当然愿意，我一直想去莫高窟看看。我也希望能够成为一只莫高窟的守护犬，不过，这次我执行完任务还要回到警队去。"

乐乐摸了摸靠近心脏的口袋，一黑一白两块石头紧贴着自己的身体。他轻轻呼唤着："爸爸，妈妈，我们一起回家。"

他好像又听见了莫高窟九层楼的铃铎声。

乐乐和玄兔踏上了回家的路。他们走了许久，终于走出了喧嚣的城市，来到了通往莫高窟的公路。北面是马鬃山，南面是祁连山，在两座山脉间的谷地，一条孤独的公路蜿蜒至远方。没有人烟，也没有绿色，只有荒凉的戈壁怀抱着静谧的天空和无声的历史。乐乐好像还能闻到母亲的气味，他确定妈妈就是沿着这条公路走回莫高窟的。

蓝星早上醒来后，发现乐乐不见了。他找遍了小区、附近的街道、广场和花园，都没有找到乐乐。回家的路上，蓝星遇到一群人在十字路口围成圈，人群议论纷纷："真是作孽！这是谁干的呀？快叫救护车！""肇事者跑不掉的，树上有监控的。”“刚才好像是个骑摩托车的，他往那边去了。”蓝星以为乐乐出事了，脑子里闪现出乐乐血肉模糊的画面。他惊出一身冷汗，不顾一切地冲进人群，大声说：“让一让，让一让，这是我家的狗狗！”人群很快让出一条路来，蓝星挤进去，却发现原来大家围观的是一位被撞倒在地的老人。

大家用异样的眼光望着蓝星。“对不起！对不起！我以为是我家的狗。”蓝星解释道。可他越解释越不对劲，只好连连向倒地的老人赔不是。为了消除心中的不安，他还特意把老人送上了救护车。

蓝星想不出乐乐会去哪里，到底发生了什么事情。在这座城市里，乐乐没有一个朋友，也没有任何别的栖身之所，他会去哪里呢？到了傍晚，蓝星只能拨通蓝天的电话，告诉她乐乐不见了。

蓝天和蓝星商量后决定报警。第二天，有关乐乐的“寻狗启事”被挂在了网上。喜欢乐乐的网友们得知莫高窟的乐乐大王失踪了，迅速成立了寻找乐乐的志愿者联盟。

接下来的几天，蓝天和蓝星的电话没日没夜地响着。

所有来电都告知同一个消息："乐乐找到了。"头两天他们还信以为真地根据对方提供的地址去认领乐乐，但很快发现这些信息均不属实。折腾了几天，他们一无所获，索性让提供线索的人先发来狗的照片再说。

夜宿三危山下

太阳一点点往下落，乐乐和玄兔追赶着太阳的余晖往前走。

戈壁滩上，沉积千年的沙砾犹如云母，在暮色中闪着光。偶尔在砂石中也会露出几个塑料袋和破旧的矿泉水瓶、易拉罐，那是还来不及清理的垃圾。公路和垃圾场，都是人类在地球上留下的痕迹。不知道为什么，这时候乐乐想得最多的就是莫高窟北区的那一具具枯骨，那是历史中的旅人留下的另一种痕迹。

天说黑就黑了，公路上一辆车都没有。

方圆几十公里内，人烟罕至，穿越无人区总是需要特殊的勇气。

乐乐和玄兔觉得又饿又冷，为了不至于冻僵在这荒漠里，乐乐决定找一个背风的山丘，挖一个洞窟暂避一晚。由于玄兔的参与，这一次乐乐开窟的速度比第一次快了许多，一个可以避风的洞子很快就挖好了。

玄兔找来了一些路边的干草铺在新开挖的洞子里，这样可以抵御夜晚的寒气。在寻找干草的时候，玄兔和乐乐看到一只受伤的小鸟匍匐在干草丛里。小鸟浑身战栗,害怕地“唧唧唧”叫着。扒开干草丛，乐乐发现原来是一只小金翅雀，他舔了舔金翅雀受伤的翅膀。为了让金翅雀不至于在严寒中冻死，乐乐叼着他回到了洞子，让金翅雀在干草铺的洞子里休息。

天光瞬间消逝，四野一片沉寂。乐乐和玄兔也进到了洞里。为了抵御寒冷,他们的身体紧紧地靠在一起。说话的时候，呼出的热气瞬间飘散在了寒夜里。

远方的祁连山脉，在昏暗的夜幕中像一幅长卷在眼前慢慢浮现。

乐乐好像突然明白了，莫高窟中的那些沿着洞窟四壁展开的壁画长卷，不就是眼前这样的景象吗？在空旷的荒野，人的视野自然而然地贴紧大地而展开，向着那无限的远方伸展，这是自然的长卷。唯有领略过自然的心灵，才能创造出笔下的神妙。

近处是公路，公路外就是戈壁，再远处是连绵起伏的祁连山脉，头顶是繁星密布的夜空。每个星座都在它们各自的方位，北斗七星总是那样醒目。玄兔看着星空下的山影，远远地高耸着三座主峰。

“那是什么山？”玄兔问乐乐。

乐乐顺着玄兔指的方向望去，若有所思地说：“那就是三危山。你看它的三座主峰危峙高耸，所以被称为三危山。我妈妈说，三危山是青鸟居住的地方，青鸟是为西王母取食的神鸟。”

玄兔非常佩服乐乐的学识，她对眼前的景象感到不可思议：“原来那里就是传说中的三危山呀？以前只在神话里听说过。三危山上真的住着青鸟吗？山顶上都是雪，青鸟不冷吗？你见过青鸟吗？”

“没有，我只是一只普通的狗，怎么能看见神鸟？但是我想既然是神鸟，应该就不会怕冷。”乐乐的声音有些颤抖，他把金翅雀轻轻地揽进怀里，这样会使他感到暖和一些。金翅雀探出头去望着三危山的方向，“唧唧唧”地叫了几声，眼睛里闪耀着澄澈的光。

“金翅雀，你说见过青鸟？是真的吗？”乐乐可以听懂鸟语，这让玄兔感到不可思议。

金翅雀告诉乐乐和玄兔，青鸟就住在三危山，是西王母的坐骑，也是为西王母传递信息的神使。他告诉乐乐和玄兔:“青鸟是五色的，他有时是神鸟的样子，有时是人的样子，只有心灵纯净的人才能看见他。”

半夜时分，乐乐感到鼻尖上凉凉的，原来天下起了雪。乐乐和玄兔觉得更冷了，就好像掉进了冰窟窿里。乐乐心想:“这条路怎么那么长呢？妈妈当时走了多久啊？她一定走得更辛苦吧！”

为了打发夜晚的时光，乐乐就给玄兔和金翅雀讲莫高窟的故事。

他讲莫高窟壁画上的各种神兽和神鸟，讲壁画上的飞天……讲着讲着，乐乐仿佛看到莫高窟的方向闪耀着淡淡的金光，壁画里的飞天一个个向着他的洞窟轻盈地飞来；天神的瓔珞发出叮叮当当的声音，在漫天飞雪中，他们有的手托莲花灯，有的擎着乐器和华盖，还有的托着各式各样的美食，有佛手、有蟠桃、有酥酪，还有乐乐最爱吃的罐头和肉肠……讲着讲着，乐乐的眼睛睁不开了，他睡着了。

永不枯竭的圣泉

乐乐、玄兔和金翅雀在洞子里，度过了寒冷的一夜。

第二天清早，乐乐一睁眼，发现远处突然出现了一片美丽的绿洲。一条小河如同玉带蜿蜒向西，河畔有高大的胡杨林，林下是一望无际的草地。乐乐心想，昨天并没有看到对面有这样一条河呀！他越发感到口渴，连忙叫醒玄兔和金翅雀同去河边饮水。睡眼惺忪的玄兔和金翅雀也被眼前的美景惊呆了：这是什么地方?

正当他们感叹之际，绿洲和胡杨林突然消失了，眼前的依然是一望无际的戈壁和雪原。原来，方才所见是沙漠中的“海市蜃楼”。

好在白雪就是解渴的天然饮料，乐乐和玄兔吃了几口雪，打了几个激灵，抖擞抖擞精神，继续踏上返回莫高窟的路。

玄兔和乐乐一前一后走在公路上，金翅雀在乐乐的背上欢快地跳舞。

突然身后传来汽车的声音，乐乐和玄兔停住脚步回头张望，只见一辆黑色的吉普车疾驰而来。本来靠右行驶的车突然改变方向朝乐乐碾压过来！

乐乐大喊：“快跑！”玄兔随着乐乐的喊声，迅速转移至路的另一边，乐乐紧随其后，躲过黑色的吉普。却不料吉普的后面突然又闪出了一辆小车，直接将玄兔撞向了空中。

玄兔被狠狠撞击后，沿着一条抛物线远远地飞了出去，然后重重地砸在了坚硬的砂岩上，她随后就什么都不知道了。两车一前一后继续向乐乐的方向疾驰而来，虽然看不清车厢里的人，但乐乐还是一眼认出了车门上的标志——。

这个标志曾经出现在绑架妈妈的车上，也出现在地下游戏城的电梯上,此刻又出现在眼前的这辆车上。这一定不是巧合！

乐乐预感到这场车祸是人为策划的，不知道玄兔能不能挺过这一关。他想起了地下游戏城的经历，可以肯定这是来自黑暗世界的诅咒，目的是要置自己于死地……乐乐的头脑里飞快地闪过以上这些念头，同时躲进一个隐蔽的低洼谷地。

他远远地望见车子停在受伤的玄兔旁边，车门打开，下来一个蒙面人，他的手里牵着一只巨型鬣狗。鬣狗正是沙觯，沙觯的鼻子嗅出了不远处的猎物，跳起来嗷嗷狂吠。蒙面人索性解开了手中的锁扣，沙觯立刻向乐乐的方向奔来。

乐乐知道自己被发现了，怎么办？

眼前的鬣狗如此强壮，他攻击父亲朝歌的情形在乐乐的脑海里闪过，那惨烈的景象令他不由得惊出一身冷汗。他清醒地意识到，现在没有任何地方可以躲，也没有任何地方可以退了，玄兔还等着自己营救，唯一能活下去的办法就是迎战。

“硬拼绝对不行！”乐乐心想，“鬣狗的体型是我的几倍，不能硬拼……”乐乐突然急中生智，他轻轻地对金翅雀说了几句话，金翅雀扬起受伤的翅膀，扑啦啦一声飞到了空中。乐乐一动不动地趴在原地，死死盯着前方的沙觯。

沙觯越来越逼近洼地，乐乐突然将事先聚拢在身下的沙土朝着沙觯的眼睛扬了过去。沙子瞬间撒进鬣狗的眼睛里，沙觯在原地疼得嗷嗷乱叫。这时，金翅雀飞下来，用尖喙对准沙舥紧闭的眼窝狠狠地啄了下去。沙舥的眼睛被啄瞎了，疼得满地打滚。这时，乐乐快速冲上前去，死死咬住了沙舥的脖子。

鬣狗群咬死父亲的一幕闪现在眼前，乐乐内心的仇恨和怒火终于找到了发泄的出口。他的怯懦和恐惧，被渗透在血管里的复仇的烈火燃烧得无影无踪。

沙舥的嚎叫吸引了蒙面人的注意力，他对着乐乐举起了猎枪。枪响了，但是并没有打中。原来是玄兔咬住了蒙面人的腿，使他的枪打歪了。正当他要开第二枪的时候，戈壁上突然扬起了大风，狂风夹带着沙粒，霎时间飞沙走石，天昏地暗。蒙面人被风沙迷了眼睛，辨别不清方向。蒙面人的枪掉落了，他仓皇逃进了车里，发动汽车扬长而去。失明的沙舥听到汽车弃他而去，惊恐万分。他循着汽车的声音，在荒野里东奔西窜。

乐乐感到口袋里紧贴身体的石头滚烫滚烫的。

他惊奇地发现口袋里的石头竟然在放光，一定是爸爸和妈妈在冥冥中保护自己，替自己解除了危机！

“玄兔！玄兔！”乐乐跑到受伤的玄兔身边，大声喊着她

的名字。

玄兔的嘴角流着血，她的身体完全动不了了。听到乐乐在呼唤自己，眼泪从玄兔的眼眶里流了出来。金翅雀着急地上下拍打着翅膀，乐乐感到玄兔的呼吸越来越微弱，体温正在慢慢地消失。

正在乐乐一筹莫展的时候，金翅雀开口了："现在，只有三危山观音井中的圣泉才能救玄兔。"

"圣泉？在这沙漠戈壁之中真的有那样的一口井吗？"乐乐好像看到了一丝希望。

"就在三危山的深沟幽谷里，有一眼井泉。泉水甘甜可口，据说和天上的瑶池水一样，可以医治百病，还可以起死回生。"金翅雀肯定地说。

"怎么才能取到圣泉呢？"乐乐着急地问道。

金翅雀回答道："看守圣泉的是青鸟，唯有最勇敢的守护犬才能到达那里。"

"金翅雀，你可以为我带路吗？我们一定要救玄兔！"金翅雀点点头飞向空中。乐乐把玄兔拖进洞子里，然后掏出两块石头放在玄兔身边，轻声嘱咐道：“玄兔，我去取圣泉，我让爸爸妈妈陪伴你，你一定要等我回来！”

乐乐跟随金翅雀穿越茫茫的戈壁，向着三危山跑去。

海拔越高，气温越低，呼吸就越困难。乐乐行走在冰雪中的脚已经失去了知觉，他好几次感到喘不过气。每当他想放弃的时候，只要一想到玄兔还等着他回去，就振作起精神来。他咬紧牙关跟随金翅雀穿越了暴风雪，躲过了雪崩，向着圣泉的方向继续前行。

乐乐相信，只要拥有一颗勇敢的、永不言败的心，哪怕四只脚都磨破，哪怕体力濒临衰竭，他也一定能找到圣泉，救活玄兔。经过这段时间的考验，乐乐意识到在这世界上，没有比脚更长的路，也没有比信念更高的山。

就在他筋疲力尽的时候，突然听到金翅雀高喊：“到了！圣泉到了！”

乐乐和金翅雀终于到达了观音井，他这才发现自己的四条腿已经是血肉模糊。但接下来的一幕令他既悲伤又绝望：观音井干涸了，乱石堆叠、杂草丛生的井底根本没有一滴水！

想到自己救不了玄兔，乐乐绝望地趴在井边哭了起来。

突然，他听到一个清亮悦耳的声音：

“乐乐，不要哭！唯有最勇敢的守护犬才能到达这里，也唯有最勇敢的守护犬才能取得圣泉。你就是最勇敢的守护犬！”乐乐抬头，发现金翅雀不见了，和他说话的是一只漂亮的蓝色大鸟。大鸟有冠，丹喙红足，通体是蓝色的羽毛，周身放着五色的光芒，眼睛里透着安详和坚毅。

“你是?”乐乐不解地问。

“我就是守护圣泉的青鸟，也是你搭救的金翅雀。我终于等到你了!”青鸟的语气里透露着喜悦，“你抵御住了地下游戏城的诱惑，机智地战胜了沙鮀，为了朋友你不怕千难万险，你是最勇敢的守护犬！我是来帮助你重返莫高窟的。”

乐乐惊喜地望着青鸟，说道:“我好像在哪里见过你……”

“我们当然见过面，那时你和你的哥哥姐姐还很小。”青鸟说着抖了抖全身的翠羽。乐乐惊呼道:“哦，我想起来了，在莫高窟第249窟有一只和你一模一样的神鸟!”青鸟点了点头:“不仅如此，我还护送过你的哥哥和姐姐。”

“安安和顺顺?”乐乐想起了和安安、顺顺一起玩耍的情形，想起了安安和顺顺突然失踪的那天早晨，也想起了母亲在胡杨树下忧伤的表情。“你护送过他们? 那他们现在在哪里?”

青鸟说:“自古以来，莫高窟的犬族就有传统，每一代只能留下一只守护犬，其他的都要被送走。你是禹光选中的守护犬，因此你的哥哥姐姐就要被送走。那天晚上我奉命将安安送去了泰山，将顺顺送去了昆仑山，他们将在那里成长为守护犬。”

听到安安和顺顺的消息，乐乐感到特别高兴，但一想到干涸的观音井里没有救活玄兔的圣泉，他又难过起来。他迫不及待地仰头问道：“金翅雀，既然你就是青鸟，为什么要让我白跑一趟呢？这里根本没有圣泉，怎样才能救玄兔？”

“谁说白跑一趟？不跑这一趟怎么能考验你的信心？不跑这一趟怎么能发现你这颗勇敢的心，怎么能让你成为真正的守护犬呢？勇敢不是做别人不敢做的事，不是争强斗狠，不是单纯地冒险。真正的勇敢是一种为了真理，为了信仰，不畏艰难，不断超越自己的勇气。”青鸟用翅膀托起乐乐，“你不用去别处找圣泉，圣泉就在你充满正义、无畏和爱的心里。从一颗充满正义、无畏和爱的心里流出的眼泪，就是世界上最珍贵的圣泉。让我们一起去救玄兔吧！”

青鸟伏下身，乐乐会意地爬上青鸟的背。

青鸟扇动巨大的翅膀，瞬间翱翔在云海之中。乐乐难以置信，此时此刻自己乘坐的是传说中那日行万里、通达四方、驾驭虹霓、统领百鸟的神鸟！

乘着青鸟回家

乐乐还是第一次在高空俯瞰云海中的祁连山脉。

峰顶的冰川像大地的血脉和经络，默默地牵引着涣散的山地和荒原，将它们连为一体。在皑皑的雪峰和黝黑的断崖构成的地理版图上，蓝色冰湖在阳光的照射下反射出耀眼的光辉。河川纵横交错、弯弯曲曲地伸向远方。乐乐心想，在那连绵起伏的大山和森林里，一定生活着各种各样的生灵，一定隐藏着各种各样的秘密，那是人类的眼睛所看不到的。

乐乐还来不及有更多的念头，青鸟就稳稳地停在了戈壁滩上。

乐乐望了望天空，已经是傍晚时分，原来寻找圣泉用了差不多整整一天的时间。“不知玄兔现在怎么样了？”乐乐边想边急急忙忙地朝玄兔跑去。

他越接近洞子就越害怕，他害怕救不回玄兔，害怕玄兔就这样死了。突然，他听见洞子里传来了玄兔的声音。

“乐乐，是你吗？”玄兔的声音很虚弱。

原来玄兔还活着，玄兔没有死。乐乐奔向洞口，当乐乐看到玄兔的一刹那，眼睛里涌出了泪水。乐乐的泪水滴在戈壁的沙土上，沙子微微震颤，像涟漪一样翻起一圈圈的波纹。一股清泉蓦地从塌陷的沙地下涌出，汇成一弯小小的月牙泉。乐乐惊异地望向青鸟，青鸟点了点头。正如青鸟所说的，乐乐眼中流出的泪，就是让玄兔得救的圣泉！

玄兔受伤的腿一接触圣泉，伤口就愈合了，疼痛也完全消失了。玄兔的身体恢复了知觉，她站立起来，在乐乐的帮助下慢慢步入水中。乐乐惊喜地望着水中的玄兔，她奇迹般地恢复了往日的神采和矫健的身姿。乐乐用自己的真心、善良、勇敢把朋友从死神的手中给夺了回来。

看着小小月牙泉中的玄兔，乐乐又想起了和爸爸妈妈、哥哥姐姐在宕泉河沐浴的那个春日，他也情不自禁地走进了水中。圣泉漫过了他的整个身体，他突然有一种想放声大哭的冲动。过去的生活以及世界上最爱自己的人，都已经远去了，他再也不能像小时候那样，在红柳丛中无忧无虑地睡大觉了。现在的乐乐才真正懂得，爱是永恒的城堡。这个城堡可以被摧毁，但无论人类还是犬族都会在爱的遗址上重建新的家园。

月亮升起来了，溶溶的月光怀抱着这一湾清泉，青鸟用巨大的翅膀守护着这一湾圣泉。此时此刻，在月色中嬉水的乐乐和玄兔，是那么自由和快乐。乐乐真希望时间就此停止，痛苦和厄运从此远离，幸福和欢乐永远留驻。有很长一段时间，乐乐不再相信幸福。此刻他明白了，真正的幸福就是找到生命的意义，在心灵的召唤下成为真正的那个自我。

乐乐和玄兔乘着青鸟回家了，远远地，他们听到了九层楼的铃铎声。

青鸟带着乐乐和玄兔飞过九层楼。他选择了一个僻静的地方与乐乐和玄兔告别。玄兔抱着青鸟的脖子，依依不舍地

说:“谢谢你救了我!”青鸟说:“不要谢我,要谢就谢你的朋友,是他用他的勇气和无畏救了你!”

乐乐望着青鸟说:“我还有几个问题。请你告诉我,为什么我的爸爸妈妈不允许我进入北区?那里到底是什么地方?我曾经在北区看到许多怪物在吃壁画,那些怪物是什么?为什么它们会出现在北区?”

青鸟说:“很久以前,南区和北区是一个整体,北区也生活着灵犬世界的守护犬。明代嘉峪关封关之后,敦煌的百姓都迁居到关内去了,莫高窟逐渐荒废。祸斗因为当年没有被选为守护犬而耿耿于怀,他趁机背叛灵犬世界,成了黑暗世界雇佣军的头目。那些蚕食壁画的怪物是‘死亡蠕虫’,它们来自祸斗的黑暗世界。祸斗知道灵犬世界的秘密,他借助‘死亡蠕虫’毁坏壁画,为的是让守护北区的灵犬无法现身。就这样,北区逐渐成了祸斗的领地。他们的目的是要把莫高窟的壁画全部毁掉,一旦壁画消失,灵犬就再也无法现身,也就无法再帮助人类了。”

“祸斗为什么要杀死我的爸爸?”乐乐问道。

“祸斗是犬族的败类，他把守护犬视为敌人，你和你的爸爸都是他攻击的对象。他的终极目标就是要驱逐禹光，毁灭灵犬世界，终结守护犬的历史，让我们脚下的这片土地成为黑暗世界的领地。”

“那为什么南区没有‘死亡蠕虫’？”乐乐追问道。

“那是因为南区有许多像禹光一样的灵犬，他们是你们犬族的祖先。莫高窟最忠实的守护犬，死后会成为‘灵犬’，继续守护着莫高窟。正是因为南区自古以来就有灵犬的守护，祸斗的阴谋才没有得逞。”乐乐问：“那我的爸爸和妈妈是不是也成了灵犬？我还能见到他们吗？”

青鸟微笑着望向乐乐：“当然，你的父亲朝歌和母亲妙羽现在都成了灵犬。而且，他们一直在你身边。”看着乐乐一脸疑惑的样子，青鸟笑道：“不要忘了，是谁在最危险的时候，帮助你打败了那个蒙面人！”

此时，乐乐胸前口袋里的石头好像有灵性一样，微微地发出金色的光。乐乐感受着，轻轻地呼唤着：“爸爸……妈妈……”

就在这时，风中传来九层楼的铃铎声，好像是朝歌和妙羽心灵的回声。

乐乐的耳边再次响起妈妈的话 :“这里是莫高窟，这是九层楼的铃铎声。孩子们，你们要记住这个声音，无论在哪儿，无论多远，都要记得这是家的声音，是莫高窟的声音。”

青鸟继续说 :“乐乐，你的爸爸和妈妈一直保护着你！禹光、玄兔也一直在保护着你，灵犬世界的每一位成员都期待着你成长为真正的守护犬。你终于回来了，去吧！你一定会成为犬族的英雄。只有到那时，你的爸爸和妈妈才可以从你的心里汲取力量，再次现身，你才可以再一次见到他们。”

“我该走了，我们会再见面的。”青鸟扇动翅膀，凌空飞起。乐乐和玄兔一直追随青鸟的身影，目送他消失在遥远的天际。

营救黑暗游戏城的犬族

当乐乐和玄兔出现在敦煌研究院的广场上时，研究院的工作人员都非常吃惊。没有人知道乐乐是怎么回来的，当然更没有人看到传说中的青鸟。

蓝天很快从同事那里得知乐乐回到莫高窟的消息，她喜出望外地前来迎接乐乐。令她没有想到的是，乐乐的个头和离开莫高窟的时候完全不一样了，她已经不能把乐乐整个抱在怀里了。蓝天搂着乐乐，喜极而泣："乐乐，我以为再也见不到你了，太好了！你回家了！"蓝天无法相信乐乐居然从城里跑回了莫高窟，她不知道乐乐这一路经历了什么，她也永远不会知道犬族世界的许多秘密。

乐乐回到莫高窟后，蓝天悬着的心终于放下了。

自从蓝星发现乐乐失踪后就报了警。这些天来，大家忧心忡忡，担心乐乐落在狗贩子的手里。所有关心乐乐的人，都在打听乐乐的下落，寻找乐乐的启事在网络上引起了许多人的关注。

令大家感到意外的是，乐乐不仅回来了，而且还带回了一个漂亮的同伴。

回家的乐乐兴奋不已。每个遇见他的人都想要摸一摸他，抱一抱他。来看望乐乐和玄兔的人络绎不绝，狗粮、肉肠、玩具和衣服，这些都是大家给乐乐准备的礼物。

“波斯公主”悠悠、小胡羊憨憨、石鸡莫莫、兔子小白和鸽子闪闪也来了。老朋友重逢，心情别提有多激动了！小伙伴们也为莫高窟来了一位新朋友而高兴，玄兔也非常喜欢乐乐的小伙伴们。

几天后的一则电视新闻，引起了大家的关注。

电视屏幕上，警察在一个地下车库救出了上百只被囚禁的狗，他们大多受到过虐待和毒打，有不同程度的疾病。这些狗是狗贩子从不同的地方偷来的，狗贩子通过贩卖狗肉、狗皮，或者把狗卖给一些实验室牟利。在警察带走的犯罪分子中，乐乐和玄兔一眼就认出了蒙面人，他们俩欢呼雀跃。

原来，乐乐和玄兔回到莫高窟之后，营救地下游戏城的犬族就成为他们的第一项任务。警察通过玄兔身上的电子导航系统，锁定了犯罪分子的地下窝点，在玄兔的带领下，一举破获了盗狗集团。

乐乐和玄兔成功解救了地下游戏城的守护犬，成了犬族的少年英雄。

最让他们高兴的是，因为莫高窟需要增派守护犬，大家决定让玄兔留在莫高窟。从此，乐乐和玄兔可以为守护莫高窟并肩战斗了。

第 156 窟的神秘来信

残雪还没有化尽，宕泉河的冰面已经开始松动了。

乐乐带着玄兔来到朝歌和妙羽的墓地。群山静默如谜，四周一片静寂。近处是莫高窟人的墓地，远处是高高低低的舍利塔。

“那些塔是做什么用的?”玄兔好奇地问道。

“那是舍利塔，是历代在此修行的僧侣圆寂后安放灵骨的地方。我小时候很淘气，经常爬到舍利塔上去玩。”乐乐的眼前闪现出追逐小蜥蜴爬上道士塔的情形，耳边又响起妈妈的声音:“乐乐，下来！这是王道士的墓……”

黑白两块石头紧贴着乐乐的胸口，他每时每刻都感到爸爸和妈妈没有离去，他们的心脏依然在跳动。乐乐在朝歌和妙羽的坟头撒上新土，他对着泥土里的朝歌和妙羽说:“爸爸，妈妈，我回来了。我再也不会离开莫高窟了，请你们指引我，成为真正的守护犬。”

沿着朝歌和妙羽巡逻的路线，乐乐开始了新的一天。

玄兔跟着乐乐沿着布满洞窟的崖壁，一个洞窟一个洞窟地走过。从北凉、北魏到隋唐宋元；从伏羲、女娲、东王公、西王母，到力士、飞天、风神、雷神；从佛陀、护法天人、天界灵兽到世间生灵；从隋唐的山水画、人物画、建筑画到花鸟画；从神的世界到世俗世界……乐乐第一次真正地感到自己置身于一个无与伦比的艺术圣殿，莫高窟既是他最熟悉的家园，又好像永远是第一次相见。玄兔也完全沉浸在斑斓锦绣、光影交错的古代艺术的王国中。

当乐乐和玄兔躺在被太阳晒热的沙地上仰望苍穹时，澄澈幽蓝的天空令他们感到有些眩晕。乐乐真切地听到莫高窟的呼唤，真切地感受到粗粝的大地上升起的青春朝气和充沛力量。乐乐不禁感叹，从前的自己居然对此一无所知！如果不回到莫高窟，这一切的美不都白白地错过了吗？现在，莫高窟及其周围的戈壁荒漠对乐乐来说，充满了崭新的内容和意义。

一旁的玄兔心醉神迷地感慨道："简直像在梦中，莫高窟太美了！"

"你知道吗？古代往来丝绸之路的各国使节、商人和僧侣都要经过敦煌。从敦煌向东经过河西走廊可到长安、洛阳，继续向东，可到朝鲜和日本。向西经过古代西域，翻过帕米尔高原，就进入了中亚、西亚和南亚诸国。继续向西，可到达地中海，到达南欧的古希腊、古罗马和北非的古埃及。悠悠是波斯猫的后代，她的祖先就是经过丝绸之路来到敦煌的。"乐乐把自己从讲解员那里听来的知识，一五一十地全部告诉了玄兔。

在巡逻的途中，崖壁两旁的菩萨、天王、力士都在向乐乐致意问候。特别是两个小飞天，她们撒下阵阵花雨，热情地接引乐乐和玄兔，一前一后地为乐乐和玄兔引路。

不知不觉，乐乐和玄兔来到了第156窟。

第156窟住着禹光老祖。乐乐想到虽然自己离开莫高窟的时候，没有和这位慈祥的老祖告别，但是每到危难时刻，总有老祖暗中相助，心中充满了愧疚和感恩。

“乐乐，你怎么啦?”玄兔察觉出乐乐的脚步有些迟疑。

“这里是我第一次遇见禹光老祖的地方。”乐乐的眼前浮现出当年和哥哥姐姐爬高的情形，“我有时候很感激老祖，是他选择了我成为守护犬；可有时候我却希望自己没有闯入第156窟，他也没有选择我。这样或许我们一家就不会分开了……”乐乐轻声说道。

“那样的话，你和我也就不会遇见了。”玄兔说完，走进了洞窟。

乐乐若有所思:“那倒也是……如果我没有误闯第156窟，就不会有后来发生的事了，我们也就不会遇见了。”

他跟在玄兔身后走进了洞窟。四面墙壁上依然是张议潮获唐王嘉奖后荣归故里的情景，还是那支踏歌而来的浩浩荡荡的队伍，还是旌旗连翩，钟鼓和鸣，整齐的马队和骆驼缓缓行进，盛装的舞队翩然起舞。

乐乐摇了摇脖子上的铃铛，洞窟顿时亮了起来，但是灵犬禹光并没有出现。正在纳闷的乐乐发现墙上一笔一画地显现出几行字，那是禹光的一封信：

乐乐，欢迎你重返莫高窟！从此你将拥有一个崭新的名字——乐曜。曜，是照耀、光明的意思，希望你成为光明世界的使者。玄兔,你出色地完成了任务,成为莫高窟的守护犬。今晚12时，我在九层楼等你们。

灵犬世界的守护盟约

午夜12点，乐乐和玄兔准时来到九层楼下。

莫高窟的夜晚一如既往的静谧。“静”是莫高窟的精神气质，“静”是莫高窟的庄严气象，莫高窟每一窟的塑像都透露着气定神闲的“静”。

那些裹衣端坐、闭目沉思的禅僧进入了“形如枯木，心如死灰”的寂静境界；水月观音周身宁静素雅，散发出一种深旷清净的意境，让人一望便可丢弃心中的一切杂念；九层楼里高达35.5米的唐代大佛，也已经静静地在此端坐了一千三百多年。

乐乐心想，只有在喧嚣的城市迷失过自己的人，才会珍惜这可爱的宁静。

乐僔和尚在这宁静的空气里默想过，往来丝绸之路的商旅在这宁静的空气里休憩过，金戈铁马在这宁静的空气里厮杀过，东去长安的鸠摩罗什在这宁静的空气里诵赞过，西出阳关的诗人在这宁静的空气里吟咏过……

当年常书鸿先生在这宁静中独守过；段文杰先生在这宁静中沉思过；樊锦诗奶奶在这宁静中守望过……乐乐觉得莫高窟是莫高窟人唯一的家园，也是自己唯一的家园。

乐乐和玄兔进入九层楼，眼前的景象令他们惊得目瞪口呆。

九层楼内聚集了灵犬家族的全部成员，他们高高低低、错落有致地或坐或站在自己的位子上，头上放出宝光，就像千佛洞的千佛那样。见乐乐和玄兔进来，他们的目光转过来，或上下审视，或轻声耳语。禹光老祖在最醒目的位子上，周身散发出圣洁的金光。

乐乐和玄兔立即屈膝向禹光老祖行礼。

“乐曜、玄兔，你们到这里来……我来向你们介绍守护莫高窟的灵犬成员。禹徵，他跟随张骞从长安来到敦煌；翌翟，他曾为霍去病打败匈奴立下赫赫战功；玄穆，他是李广利将军西征大宛的随军犬；淳胥，他曾在汉代悬泉置驿站服役；舜煜，他是东汉名将张奂的家犬；筌询，曾经为执政敦煌的曹氏家族看守经书，后来他跟随曹全平定了疏勒，壮大了东汉在西域的声威；戴勋，他为张恭之子张就送出了家信，为营救张就立了大功；睢鸢，为曹魏时期的名臣仓慈所用，后守护其祠堂；观崇，他曾陪伴西晋大书法家索靖到过鸣沙山，见证过索靖在仙岩寺题字；冰阳，他曾经随西凉国李暠派遣的使团出使过建康；曜圣，是他在建元二年等候并协助乐僔和尚开凿了莫高窟第一窟，守护他在此修行；樊鋆，他是接应乐僔和尚与法良禅师的灵犬，莫高窟的营建从乐僔和尚与法良禅师开始，此后连续十个世纪不曾中断；姬彧，他不离隋唐时期的地理学家裴矩左右，助他整理、记录西域各国的山川和风俗，陪伴他撰写《西域图记》；无影，他护送过玄奘法师西去取经；我是禹光，曾经在张议潮的归义军中服役，见证了张议潮收复河西地区，让敦煌回归大唐……”

禹光洪钟一样的话音回荡在九层楼内，令乐乐和玄兔肃然起敬。眼前是敦煌历史中最了不起的守护犬，他们或勇敢地抵御外族入侵，或忠诚地守护中华文化，是犬族中最伟大的一群。

当禹光向灵犬世界的成员介绍乐乐的时候，乐乐惭愧地低下头，他对禹光说："我感到非常惭愧！我曾经不辞而别，我逃跑过，害怕过，逃避过，我不相信自己可以成为守护犬。"

"从怯懦到勇敢，从逃避到面对，从幼稚到成熟，这是成长的必然过程。当年的我呀，也非常想离开这个蛮荒之地啊，哈哈哈……我还偷偷跑出去好几次。我到过长安，看过战乱之后的生灵涂炭，才知道回到莫高窟的意义。战乱中，我还护送过一些长安的能工巧匠来到莫高窟。后来，他们把长安的繁华和胜景永远地留在了壁画中。"禹光的安慰解除了乐乐的紧张和不安。

乐乐和玄兔相视一笑："谢谢您让玄兔来救我，如果那天在地下游戏城没有玄兔的出现，我可能就戴上那个脚环了，现在或许还在那儿打游戏呢。"乐乐话音刚落，大家都笑了。

“那可真是危险啊！好在你没有戴上那个脚环，摆脱了祸斗的控制。不愧是朝歌和妙羽的孩子，关键时刻能分清正邪善恶。所以，是你自己救了自己，你要感谢你自己。如果你经不起美食和网络视频的诱惑，那么即便玄兔出现，也是无济于事的。”禹光对所有参会的灵犬家族的成员说：“祸斗一直想突破南北隔离带，企图让南区的壁画也永远消失。如果壁画消失，那么后人将会忘记以往的历史，‘灵犬世界’也将永远地沉入黑暗。前面还有很多未知的困难需要我们共同面对，灵犬家族的每一位成员都要肩负起作为守护犬的使命，我们大家必须同心协力！”

这个夜晚，是守护犬乐曜一生难忘的成年仪式。

从这一刻起，乐曜和玄兔成了真正的莫高窟守护犬，他们的生命将永远地融入莫高窟的历史。

尾声

我的朋友乐乐终于成长为守护犬乐曜了。

现在想起来，真是不可思议。我认识他的时候，他是那样的弱小，我至今还记得他出现在我面前时瑟瑟发抖的样子。他不相信自己有朝一日可以成为莫高窟的守护犬，但最终，他勇敢地面对命运，找到了源自内心的勇气和力量。

直到现在，还有很多人不相信犬族为守护人类文明所做的牺牲和贡献。因为迄今为止，没有任何一部历史书，也没有任何一个文献记录过他们默默无闻的付出和奉献，我们甚至不知道他们的名字。

现在已经是深夜了，我们可以休息了，但是守护犬是不会休息的。我知道，此时此刻，乐乐和玄兔依然在莫高窟的夜色中巡逻。

乐乐的故事还没有结束，我还会继续把我所知道的一切告诉你们。

乐乐的敦煌小课堂

乐乐近照　于飞摄影

亲爱的小读者：

我是守护犬乐曜的原型——“莫高窟霸乐乐大王”。我是帅气的中华田园犬，2012年7月出生于敦煌莫高窟。五岁那年，一直照顾我的工作人员张爷爷退休，带我一起回了敦煌城里。城市的生活条件虽然比莫高窟好了很多，但我想念莫高窟幽蓝的天空、苍茫的戈壁，想念自由自在的“巡山”生活，想念洞窟中的佛陀、罗汉、小飞天，也想念敦煌研究院里那些可亲可敬的莫高窟人。于是，我偷偷从张爷爷家中溜了出来，独自走了一天一夜，跋涉了二十多公里，回到了我最初的，也是永远的“家”——莫高窟。

今天，我依旧像往常一样，风风火火、快快乐乐地在敦煌的戈壁沙漠上奔跑穿梭，用自己的方式守护着我的家。如果你来到莫高窟，只要通过电子定位器呼叫我，我就会绽开笑容，向你飞奔而来！

接下来，就由我乐乐大王来回答一些游客朋友经常提出的问题吧！这些问题的答案与书中的故事情节关系可大着呢！

请问莫高窟位于哪里？它有什么特殊意义呢？

莫高窟位于中国甘肃省的酒泉市的敦煌，敦煌是世界四大文明交汇地，是中华民族文化资源宝库和地理坐标。

敦煌位于河西走廊的西端，北有马鬃山，南有祁连山，是一个冲积而成的绿洲。敦煌的地理位置十分重要，它东接中原，西邻新疆，它作为古丝绸之路上的“咽喉之地”，既是东西方贸易的中转站，也是文化的交汇处。伴随着古丝绸之路的千年兴盛和繁荣，东西方文明在这里长期持续地交融荟萃，催生了公元 4 至 14 世纪的莫高窟艺术和藏经洞文物的硕果。

季羡林先生曾指出，“世界上历史悠久、地域广阔、自成体系、影响深远的文化体系只有四个……而这四个文化体系汇聚的地方只有一个，就是中国的敦煌和新疆地区”。敦煌的文化遗产是两千多年来世界几大文明通过丝绸之路交流、汇聚的结晶。

真是太不可思议了，中华民族的先人是如何在戈壁荒漠里创造出如此辉煌的文明的？

月牙泉　孙志军摄影　敦煌研究院提供

敦煌不仅是佛教艺术圣地，也是一部辉煌的人文史，是一部在被戈壁包围的绿洲中营造人类精神家园的历史。完成这项壮举，靠的是一代又一代人的努力。一切在世人看来最艰难的所在，一切人迹罕至的地方，其实都是命运对于意志的最彻底的考验之处。一切在世人看来最荒芜的地方，恰恰可以唤起生命极大的力量和信念，并且给予世人珍贵的启迪。

请问乐乐大王，莫高窟开凿于何时？共有多少个洞窟呢？

哈哈，其实这个问题书中就有答案。

莫高窟，俗称“千佛洞”，是世界上现存规模最大、内容最丰富、保存最完好的佛教艺术地，位于敦煌市区东南鸣沙山麓的峭壁上。前秦的建元二年（366年），僧人乐僔路过鸣沙山时，无意中得见三危山佛光万丈，遂发心在此开凿了第一个洞窟，在洞窟中禅修。

乐僔之后又来了一个叫法良的僧人，开凿了第二个洞窟，并称之为“漠高窟”，即莫高窟。莫高窟的营建就从这两位僧人开始，此后十个世纪，莫高窟历经北凉、北魏、西魏、北周、隋、唐、五代、西夏、元等时代，从未间断建窟、塑像、绘画的活动，终于从没有人烟的蛮荒之地成为万佛之国。至今在全长1700米的断崖上，共保存了735个洞窟，窟内共保存45000余平方米的壁画，2400多尊泥质彩塑，唐宋木构窟檐建筑5座。世界上没有另一处佛教遗址能如莫高窟般绵延千年建造，形成如此丰厚博大的艺术宝库和文献宝藏。

敦煌艺术被誉为“形象的历史”，它以图像的形式，呈现了自十六国北朝以来的敦煌、河西以至中国北方的许多历史真实，以图证史，史料价值极高。

敦煌莫高窟外景　孙志军摄影 敦煌研究院提供

敦煌莫高窟是唯一一个历经千年开窟，雕塑、壁画一应俱全的世界艺术宝库。敦煌最了不起和不可替代的正是它本身就是“一千年的形象佛教史”，是“一部绘画史，一部雕塑史、一个绘画博物馆”，甚至在敦煌，“每一个洞窟都是一个博物馆”。

莫高窟的“九层楼”建造于什么时期?

敦煌莫高窟九层楼　吴健摄影 敦煌研究院提供

九层楼是第96窟的前半部分，建造于唐朝，楼体依壁而建，木质结构，气势恢宏，蔚为壮观，是莫高窟的标志性建筑。自始建起的千余年时间里，九层楼曾多次重修，但原先楼层不多，现存最早（1908年）的照片显示是五层，后由敦煌僧俗弟子和士绅共同集资，于1936年建成现在的规模。1999年10月，敦煌研究院专家对该窟地下进行了发掘，发现了初唐、西夏、元、清各时期的地面及窟前建筑遗址，从而揭示了这座宏伟建筑千余年的历史面貌。

莫高窟最大的唐代大佛就位于九层楼，九层楼非常神圣，它还是书中“灵犬世界”结盟的地方。

书中提到的九层楼的铃铎是什么样的呢？

“铃铎”，是一种乐器，书里提到的“铃铎”悬挂在九层楼的屋檐上，也叫作“风铎”“檐铎”。风吹来的时候，铃铎就会发出叮叮当当的声音。因为铃铎是金属的，所以也叫作“铁马风铃”。

三危山是《山海经》里提到的山，传说是青鸟居住的地方。陶渊明的诗中也写到过青鸟，诗曰："朝为王母使，暮归三危山。"那么，敦煌莫高窟真的有三危山和圣泉吗？

三危山　吴健摄影 敦煌研究院提供

千真万确。经专家考证，《山海经》里的三危山就是敦煌的三危山。三危山与莫高窟隔宕泉河相望，因其主峰是三座高耸的危峰而得名，海拔1500～1900米。公元366年，僧人乐僔来到莫高窟前的宕泉河畔，临近傍晚，乐僔突然看到三危山方向"金光万道，状若千佛"，便在鸣沙山东麓的崖壁上开凿了一间佛窟以作供养，由此翻开了莫高窟历史篇章的首页。

此外，书中写的“圣泉”也不是杜撰的。“圣泉”就位于三危山腹地的观音井。现在还有慕名而来的游客前往参观，品尝“圣泉”，有的还要带一些“圣泉”水回去，希望给自己带来好运气。

说到水，敦煌之所以历来有人居住，是因为这里是一块绿洲，莫高窟就位于宕泉河畔。宕泉河源自莫高窟东南约 15 公里的山谷腹地，由泉水汇集而成，沿山谷流至莫高窟前，是莫高窟生灵的生命之泉，也是千余年来建造、管理莫高窟的人们的生命之泉。河床上建有一座混凝土桥，是通向莫高窟的必经之路。

宕泉河 敦煌研究院提供

乐乐大王，听说你有很多飞天朋友？莫高窟共有多少飞天？他们有什么特点？

莫高窟第 305 窟 窟顶南披 散花飞天 隋 孙志军摄影 敦煌研究院提供

是的，我有很多朋友，其中就有可爱的飞天。

莫高窟最典型独特、最受人喜爱的艺术形象就是飞天。敦煌飞天总计有 4500 多身，他们最突出的风格特征是“无羽而飞”——他们的飞翔并不依靠翅膀，而是凭借飘动的衣裙、飞舞的彩带来呈现凌空翱翔的姿态，美不胜收。飞天漫天飘舞的彩带，给人一种浪漫的想象。夸张的飘带带来的飞动之美，使人感到自由而圣洁。

飞天翱翔于洞窟顶部藻井的周围、平棋的岔角里、佛像的背光中和说法图的上方，创造了一种灵动有趣的精神性背景。他们散花、跳舞、奏乐，无忧无虑，赋予人间吉祥美好的祝福和希望。

那敦煌的飞天为什么没有翅膀呢?

隋唐以前的敦煌壁画中有一部分“飞天”有羽翼，我们称之为“羽人”。但敦煌最有代表性的飞天是无羽而飞的飞天，飞天的飞翔是用线表现出来的飞舞，是通过缠绕在手臂上的飘带来呈现出轻盈飞翔的姿态。敦煌飞天的舞姿是理想与现实、浪漫与想象的产物,也是中国人追求自由的精神形象化的体现。

敦煌莫高窟的标志性壁画是什么？

说到最具标志性的敦煌壁画，那当然是《反弹琵琶》。

这这幅壁画位于第112窟，创作于中唐时期。反弹琵琶的舞女表演的是唐代的乐舞。她上身微向前倾，琵琶反背于颈后，左臂伸直握弦，右臂曲于音箱，一腿微曲，一腿微抬，作“端腿”姿。这是最生动的一个瞬间，一个高潮的段落。少女体态丰腴、肌肤似雪，自在优美，神情专注，轻柔的腰肢和胳膊体现了异域女性特有的妩媚和奔放。《反弹琵琶》永恒的审美价值，还在于它的构图和造型具有可以回味的“美”的意蕴，让观者在审美愉悦中体验时间的流动感，它因而成为大唐文化的一个永恒的符号。

《反弹琵琶》是世界上绝无仅有的瑰宝，一千多年来，它就一直在那里，历经几个世纪，唐代宫廷的绝美的乐舞，舞蹈中的动感和韵律凝固在这一瞬间，凝固在了壁画上。不过这个洞窟实在太珍贵了，也太小了，只能容下两三个人。为了更好地保护它，现在一般不对外开放，就连我乐乐大王也只能远远地望上一眼。

莫高窟第 112 窟 南壁东侧 观无量寿经变之反弹琵琶 中唐

孙志军摄影 敦煌研究院提供

书中你遇到禹光老祖的地方是第 156 窟，请问这个洞窟有什么特别之处呢？

莫高窟第 156 窟 主室南壁 张议潮统军出行图 孙志军摄影 敦煌研究院提供

要了解这个洞窟，还需要一些历史知识。我们真的想要了解敦煌艺术，就一定要好好学习中国历史和文化。

第 156 窟是唐朝归义军节度使张淮深为纪念其叔父张议潮所修的功德窟。唐大中二年（848 年），张议潮在沙州（敦煌）起兵驱逐吐蕃，之后渐次收复甘、凉、肃及依西等地，并奉河西十一州图籍归唐，从而结束了吐蕃在河西近百年的统治。唐大中五年（851年），

唐宣宗敕封张议潮为河西十一州节度使，驻节敦煌。

《张议潮统军出行图》表现的是张议潮获唐皇嘉奖后，意气风发、浩浩荡荡出行的场景。作品由相互衔接的三部分组成，前为仪仗先导，中部是节度使张议潮及子弟军，后为猎骑与后勤辎重部队。整个画面长8.5米，高1米多，人物逾百，骏骑八十余，出行队伍旌旗飘扬，绵延浩荡，显示出严整的军仪，是重要的历史画卷。

乐乐大王，听了你的介绍，我对敦煌莫高窟的历史更有兴趣了！关于藏经洞的情节是书中的重头戏，读完后，我想了解更多关于藏经洞的知识，你能给我讲讲吗？

当然可以！

藏经洞位于莫高窟第 17 窟，建于晚唐时期。藏经洞是一个小石室，这座石室约有三立方米大小，在清光绪二十六年（1900 年）被敦煌莫高窟主持王道士（王圆箓）发现。石室内藏有从公元 4 世纪到 11 世纪的经卷、社会文书、非汉文文献、绢画、刺绣、法器等文物共计五万余件，故又被称为“藏经洞”。可以说，藏经洞藏着一部中国古代社会的百科全书，具有极高的学术价值。

藏经洞的不幸在于，它的发现正值中国最为动乱和黑暗的一个历史时期，发现人王道士不知道藏经洞对于中华文化的意义，敦煌又远在大漠之中——所有这一切造成了藏经洞文献流失的历史悲剧。陈寅恪先生曾说：“敦煌者，吾国学术之伤心史也。”

莫高窟第 17 窟北壁全（洪辩、近事女、比丘尼）晚唐
敦煌研究院提供

很多人都想知道：为什么会出现这样一个藏经洞，它是从什么时候开始有的？为什么这个石窟要集中存放这么多价值连城的文书？关于藏经洞的作用和具体出现的时间，学界有不同的观点，一直到现在大家还在研究。藏经洞的发现意义重大，敦煌文书涵盖了当时的政治、经济、军事、天文、历史、地理、文学、艺术、医药、科技、习俗等各个领域的文献。藏经洞里还保存有非汉文文献，比如粟特文、古藏文、回鹘文、梵文、希伯来文、突厥文、于阗文等。可以说，藏经洞藏着一部中国古代的百科全书，围绕着这些文献的研究还产生了一门学问——敦煌学。

故事中提到了莫高窟的“最美菩萨”，我很好奇，他们究竟美在哪里?

莫高窟最美的菩萨像是第45窟盛唐时期的两尊菩萨像，他们分列释迦摩尼左右两侧，左侧的是观音菩萨，右侧的是大势至菩萨。他们头戴宝冠，发梳高髻，上身半裸，斜披天衣，腰围长裙，佩有璎珞、臂钏、手镯等饰物。他们形体呈自然的“S”形，一足实而一足虚，一臂曲而一臂垂。弯弯的眉弓，长眉入鬓，脸部线条极其优美，俊美中蕴含着女性的妩媚。尤其是菩萨的微笑，既有现实人物的平和亲切，又有超人间的慈悲神情。

敦煌的菩萨大多比较端庄娴静，姿态和表情呈现出一种理性与和谐，以及对世人的仁慈，这同儒家倡导的“仁”有关系。菩萨是一种社会理想人格的完美代表，体现了儒家思想对于外来塑像艺术的影响和改造。

第45窟的这两尊菩萨像，充分体现了莫高窟石窟艺术的魅力，以及中国塑像艺术的高度。

图一

图二

图一 莫高窟第 45 窟 西壁龛内南侧 右胁侍菩萨 盛唐　吴健摄影

图二 莫高窟第 45 窟 西壁龛内北侧 左胁侍菩萨 盛唐　宋利良摄影

敦煌研究院提供

书中的“死亡之地”莫高窟北区石窟和南区不一样，大多数洞窟没有壁画。请问北区真的那么可怕吗？北区的洞窟原来是做什么用的呢？

莫高窟北区外景　孙志军摄影　敦煌研究院提供

你的第二个问题也是很长一段时间内考古学家想弄清楚的。莫高窟北区全长700米，分布着248个尚未进行维修加固的洞窟，其中只有5个洞窟存有壁画等艺术品，莫高窟北区曾被认为是敦煌艺术的荒漠，甚少被人提及。

自1988年开始，在敦煌研究院彭金章先生的主持下，研究人员历时七年，对北区石窟进行了六次大规模考古发掘，基本上弄清了每个（或组）洞窟的结构、使用状况、功能和年代。莫高窟北区考古还出土了许多重要遗物，比如首次在敦煌发现了波斯银币，还出土了大批西夏时期的文物和文献。特别重要的是发现了回鹘文木活字48枚，使得国内唯一收藏有回鹘文木活字的敦煌研究院现藏有回鹘文木活字总数达到54枚。

北区石窟按其性质主要分为五类：僧人修禅专用的禅窟、僧人日常起居所用的僧房窟、埋葬僧侣遗骸的瘗窟、储藏物品的廪窟、有壁画和佛像的礼佛窟。作为僧人的生活区，北区与作为礼佛之地的南区共同构成了一个完整的佛教寺院体系。

莫高窟北区与南区功能不同，洞窟形制和窟内景观不同，但那里没有巨大的鬣狗，也没有“死亡蠕虫”，“死亡之地”只存在于我们的故事中。

敦煌位于河西走廊西端，在古代被称为“沙州”。可见敦煌地区历来是一个异常干旱、沙化严重的地区。我们都知道风沙对洞窟壁画的危害很大，莫高窟人是怎样治沙的呢？

莫高窟是一个南北横卧的长长的断崖，崖顶是平坦的戈壁，西边与鸣沙山相连，其背后有一座大沙山，高约60~170米。受蒙古高压的影响，莫高窟地区具有典型的荒漠特征，干燥少雨，多年平均降水量仅23.2毫米，且集中于夏季的6~8月。

此外，莫高窟地区还处于风向多变的一个区域，常年受到风沙的侵害，一年中至少出现二十多次沙尘暴天气。

千百年来，莫高窟遭受着风沙的威胁。风沙流会吹蚀石窟围岩，磨蚀露天壁画，甚至造成岩体坍塌。风沙一旦进入洞窟，还会破坏壁画和彩塑。为了治沙，工作人员想尽办法。1980年代末以前，莫高窟人几十年如一日，几乎天天以人力在窟前清除积沙，用牛车或拖拉机往外运送积沙。每年至少要从窟区清除3000多立方米积沙。

当年清理积沙的过程中，敦煌研究院的工作人员不仅发现了6个被掩埋的隋、唐、宋时期的洞窟，而且在400多个有壁画的石窟中，终于找到有确切纪年题记的最早的洞窟——近1500年前的西魏洞窟（今编第285窟），这个消息令所有莫高窟人为之兴奋。

这样治沙太辛苦了，有没有更好的办法呢？

草方格 尼龙网　敦煌研究院提供

有！自1980年代末开始，敦煌研究院在多方协助下，通过对窟区气象、风向和飞沙流动的监测、研究和反复论证，在莫高窟崖顶安装了长达3240米的“A”字型高立式尼龙防沙网。又在此基础上，扩大范围安装高立式阻沙栅栏，阻截来自鸣沙山的风沙，减少进入窟区的风沙量。他们同时采用草方格和沙生植物固沙林带固沙，终于使洞窟前的积沙减少了80%左右。敦煌研究院的研究员通过长期对戈壁和绿洲的观测，形成了对于莫高窟防沙治沙的基本原则，主要有“阻”“固”“疏”“导”等措施和方法，将风沙对莫高窟的危害程度降到了最低。

听说壁画还会得各种各样的“病”，都有哪些常见的病害呢？

壁画修复工作照　敦煌研究院提供

莫高窟的文物面临的风险，首先是来自风沙的自然侵害，其次是水的入渗和可溶盐的危害。

敦煌壁画大致由支撑体（洞窟岩壁）、地仗层（草泥层）、颜料层（画面层）组成。莫高窟的夏季降水频繁，雨水沿崖体裂隙渗入岩层，溶解了岩体中的盐分。这些盐分又随水分运移到洞窟岩壁、壁画地仗层和颜料层中，使壁画潮解。水分挥发后，可溶盐就会在地仗层和颜料层中结晶。整个过程反复发生，导致壁画出现空鼓、起甲、酥碱等病害，使壁画龟裂、成片脱落、掉落酥粉。其中壁画的酥碱病害，被称为壁画的“癌症”，莫高窟曾有约一半的壁画感染了这种“癌症”。

太可怕了！得了“癌症”的壁画还有救吗？

壁画修复工作照　敦煌研究院提供

当然有！莫高窟的专家们针对壁画病变，进行了反复试验，终于摸索出一种既治标又治本的修复方法——“灌浆脱盐”，也就是往空鼓的壁画地仗泥层背后灌注浆液，固定壁画，让水汽携带可溶盐移动到壁画表面，再在壁画表面贴敷脱盐材料。这个过程能够去除分布在壁画地仗泥层中的大量可溶盐。

问题又来了：怎样才能把修复材料准确无误地灌注到壁画和墙壁之间呢？当时国外普遍采取的方法是用针筒注射修复材料。但这个方法仍有不足：用针筒注射很难控制量，若注射过多，修复材料就会顺着壁画流下来，污染壁画。我国壁画修复的顶级专家李云鹤先生为此绞尽脑汁。

有一天，李云鹤先生看见一个孩子在玩血压计上的打气囊，一下子有了灵感。他将注射器和气囊组装到一起，这样一来，修复材料的灌注就变得更加容易和安全了。

巨鬣狗复原图　李荣山 绘　中科院古脊椎动物与古人类研究所提供

敦煌地区真的有像沙艴这样凶猛的鬣狗吗？

哈哈！故事里的大反派、鬣狗沙艴的原型其实是一种已经灭绝的大型食肉动物——巨鬣狗。1983年，完整的巨鬣狗头骨化石在甘肃临夏盆地被发现。它的头骨具有宽而厚的鼻骨、高耸的颧弓和巨大的颊齿。根据头骨推算，它的体重超过360公斤，身体与尾巴的长度可达2.5米，肩高1.2米左右，大约是现代非洲斑鬣狗体型的四倍，是史前的顶级掠食者之一，庞大而恐怖。

巨鬣狗复原图　Mauricio Anton 绘

中科院古脊椎动物与古人类研究所提供

好了，读者朋友们，敦煌小知识今天就先聊到这里，我乐乐大王要继续去巡视了，樊奶奶还在等我呢！

请等一等，我还有最后两个问题！故事开头小狗遭遇了车祸，这件事是真的吗？乐乐大王你真的有一个名叫“福娃”的女儿吗？

这可不是假的，福娃就是我的娃。福娃遭遇车祸后，顾春芳老师和很多好心人帮助我把孩子送去了山下的动物医院。诊断结果是腰椎骨折，大家都以为福娃从此站不起来了。敦煌研究院的李萍阿姨从酒泉请来医生为她做了手术。在经历了两天不吃不喝的危险期之后，福娃吃下了第一口食物，坚强地挺了过来。没想到奇迹发生了，手术恢复之后，福娃不仅能站起来，而且能和从前一样走路了。

中国人说“大难不死必有后福”。福娃和我现在正在莫高窟健康快乐地生活着。莫高窟和莫高窟人守护着我们，我们也守护着莫高窟和莫高窟人。

乐乐近照　罗成摄影

乐乐和樊奶奶在莫高窟　陈叶摄影

朋友们，我知道你们一定还有许许多多关于敦煌莫高窟的问题，我会在书的最后留下研究线索，接下来就要由你们自己去探索了！

再见啦！我们敦煌莫高窟见！

乐乐在莫高窟　张晓晨摄影

乐乐的研究线索

- 樊锦诗、顾春芳，《我心归处是敦煌：樊锦诗自述》（青少版），译林出版社，2021年1月。

- 敦煌研究院，《中国石窟艺术：莫高窟》，江苏凤凰美术出版社，2015年12月。

- 赵声良，《敦煌石窟艺术简史》，中国青年出版社，2019年9月。

- 敦煌研究院，《1650年——文明的回响》展陈资料。

- “数字敦煌”，https://www.e-dunhuang.com/。

鸣谢

敦煌研究院

中科院古脊椎动物与古人类研究所

陈汉煜

插　画

独立插画师，上海美术学院美术史论专业硕士，师从胡建君。擅长各种不同形式和风格的绘画，尝试将中外绘画理论与实践相融合，摸索适合时代且不流俗的绘画形式。代表作有《江南寻宅记》《手绘文物世界史》《热气球试运行一号》等。